KARMA HAT KEIN VERFALLSDATUM

...und andere Kurzgeschichten

Sabrina Nickel

Coverbild: FreeFunArt on Pixabay.com

CONTENTS

Title Page

Copyright

Trinkfester Hüne gesucht 1

Jeder ist sich selbst der Nächste 12

Karma hat kein Verfallsdatum 19

Das zweite Glück 30

Die Magie der alten Dinge 40

Der Garten des Herrn Moreau 49

Innehalten 88

Die Wege der Bohne sind unergründlich 92

Die Hexe und der Weiberheld 103

Wer die Krähe stört 144

Der Hof am alten Bahndamm 155

Eine Pizza wäre auch okay 162

Die Krähe und der Schmetterling 169

About The Author 175

Books By This Author 177

TRINKFESTER HÜNE GESUCHT

WG-Zimmer frei!

Orek stoppte augenblicklich vor dem Schaufenster des Supermarktes. Um ein Haar wären ihm die Orangen aus der Papiertüte gekullert. Mit zusammengekniffenen Augen blickte er interessiert auf den Zettel, den jemand mit reichlich Klebestreifen an dem Ladenfenster befestigt hatte.

Ab sofort suchen wir zwecks WG-Gründung einen trinkfesten Hünen, mit dem wir unsere Pläne der Weltrettung verwirklichen können.

Weltrettung? Sollte man denn das Böse unter den Tresen saufen? In diesem einen Satz klang schon so viel Optimismus mit, dass einem schlecht wurde. In sich hineingrinsend, schüttelte Orek den Kopf, las den Teil noch einmal und begann doch glatt zu überlegen. Nun ja, mit seinen knapp zwei Metern gehörte er wohl zu den Hünen und trinkfest war er allemal. Bis jetzt hatte er noch jeden geschafft – bis auf die Tochter des Tavernenbesitzers in seiner Heimatstadt. Aber auch dafür hatte er eine Erklärung. Entweder waren ihre Schuhe am Boden festgenagelt, sodass sie gar nicht umkippen konnte, oder sie hatte den Inhalt ihres Glases immer wieder unbemerkt entsorgen können. In den Topf der mannsgroßen Yuccapalme neben dem Tresen zum Beispiel. Die sah sowieso nie wirklich gesund aus. Ist ja dann auch kein Wunder, mit einem ständigen Pegel in der Birne. Die alten Zeiten. Manchmal wünschte er sich, er könne einfach zurück.

Ein weit entferntes Hupen holte Orek in die Realität zurück.

Abermals starrte er den Zettel an. Unter den eigentlichen Text hatte jemand noch etwas gekritzelt.

Haustiere grundsätzlich okay – Katzen schwierig!

Da hat wohl jemand eine Katzenhaarallergie, dachte er sich und rupfte einen der Streifen mit der Telefonnummer ab. Den ersten. So verrückt es klang, irgendwie gefiel ihm die Vorstellung, mit ein paar abgedrehten Leuten in einer Wohngemeinschaft zu leben. Zu lange war er von Ort zu Ort gezogen, ohne anständige Behausung. Vielleicht sollte er langsam zur Ruhe kommen. Sein Hab und Gut war übersichtlich und passte bequem in einen etwas größeren Wanderrucksack. Besitz wird oft sowieso viel zu sehr überbewertet. Momentan hauste Orek bei zwei Obdachlosen unter einer Brücke. Es war nicht, weil er finanziell nicht über die Runden kam. Eher, weil er die Gesellschaft dieser zwei netten Männer mochte. Sie waren ehrlicher als das verlogene Pack, das ihm mit Krawatte und auf Hochglanz polierten Schuhen überall in der Stadt begegnete. Wenn er in Schwierigkeiten stecken würde, hätten sie ihm noch ihr letztes Hemd gegeben – ohne nachzufragen.

Was das Arbeiten anging, so hatte Orek immer etwas zu tun und es gab kaum etwas, das er noch nicht gemacht hatte. Bei verschiedenen Cons war er erfolgreich als Axtjonglierer und MMORPG-Held aufgetreten und bei Mittelaltermärkten als Schwertkämpfer. Seine Haltung auf dem Pferd bei Turnieren war vorbildlich. Verglich man diese Mittelaltermärkte mit der eigentlichen Epoche, bekam man glatt einen Lachkrampf. Aber wie sollten die Menschen schon wissen, wie es in Oreks Heimatzeit eigentlich abging? Außer sich selbst kannte er nicht einen Zeitzeugen. Wie auch? Das hier war ein Schlaraffenland, eine Schlaraffenzeit, an die man sich schnell gewöhnte. Er selbst lebte jetzt seit vier Jahren im einundzwanzigsten Jahrhundert und weil er von Anfang an offen auf alles zuging, hatte er nie Probleme mit der Technik oder der Umwelt. Nur hin und wieder mal mit den Menschen. Er war halt nicht massenkompatibel.

Wenn schon, warum nicht gleich? Rasch zückte Orek sein Handy und tippte die Nummer ein. Während es an seinem Ohr tutete, musterte er sich kritisch im Schaufenster. Er sah eine saubere Jeans, sein liebstes AC/DC-Shirt und die blonden Zotteln, die ordentlich zu einem Zopf gebunden waren. Er sah gut aus. Der Drei-Tage-Bart stand ihm ausgezeichnet. Hoffentlich gab es auch Frauen in der WG. Die mögen so etwas.

Jemand hob am anderen Ende der Leitung ab und meldete sich mit extrem tiefer Stimme, die Orek das Blut in den Adern gefrieren ließ. Trotzdem ließ er sich nicht einschüchtern und stellte sich kurz und knapp vor.

»Komm doch einfach vorbei!«, entgegnete die düstere Stimme schließlich, nannte die Adresse und legte sogleich auf.

Mit einem Anflug von Skepsis blickte der Blonde auf sein Handy und murmelte für sich: »Keine Kinderstube, der Kerl. Na ja, was solls.«

Aus seiner Tasche zog er mit der Linken einen kleinen grünen Stein in der Form eines Pfeils. Das Ding war ein Geschenk der Druidentochter, damit er sie nie vergessen würde. Das sagte sie jedenfalls, als sie ihm damals das Teil in die Hände legte. Dass Frauen nach einer Nacht schon immer an die große Liebe glaubten, war ihm ein Rätsel. Jedenfalls verhielt sich jedes Navi zu diesem Juwel wie ein dreckiger Kiesel zum Stein der Weisen. Es las in den Gedanken desjenigen, der es in den Händen hielt, wo er hinwollte und das noch bevor er es aussprach. Ehrlich gesagt hatte es bei Orek noch nie funktioniert, doch er hatte bis jetzt auch noch kein wirkliches Ziel. Nun dachte er fokussiert an die Straße, die ihm der unheimliche Kerl am Telefon genannt hatte und siehe da – der Stein begann zu funkeln und drehte sich langsam in der geöffneten Hand des Mannes.

Nachdem die Einkäufe verstaut waren, machte Orek sich auf Schusters Rappen auf den Weg zur WG. Die Straße stellte sich als Weg heraus, der vom Stadtrand aus weit in den Wald hineinführte und die Wohnung war eine überdurchschnittlich große Hütte. Für Haustiere war das hier doch ein Paradies, dachte Orek gerade und verstand die Bemerkung in der Anzeige nicht, als aus dem Dickicht vor ihm ein Grollen ertönte.

Ohne Vorwarnung und blitzschnell machte eine übergroße, schwarze Kreatur mit drei Paar roten Augen einen großen Satz aus dem Busch und raste bellend auf ihn zu. Keine Zeit mehr, die Axt zu zücken. Orek machte sich schon auf eine buchstäbliche Zerreißprobe gefasst, da warf das Vieh ihn zu Boden. Und begann, ihn abzuschlabbern. Drei gästehandtuchgroße Zungen eines Zerberus ließen Oreks Gesicht zeitweise gänzlich verschwinden.

»Spike! Runter von unserem Gast!«, befahl die dunkle Stimme von eben.

Eine andere, deutlich höhere, lachte: »Wie süß! Er mag ihn!«

Augenblicklich wich der Koloss von Oreks Brustkorb und ersparte ihm so den Erstickungstod. Sich das nasse Gesicht mit dem Handrücken abwischend, sah Orek, wie ihm eine helfende Hand entgegengestreckt wurde. Er ergriff sie und rappelte sich auf.

»Danke-!«

Mit Erstaunen sah er an der Person hinauf, die ihm da gerade geholfen hatte. Es war eine hagere, düstere Gestalt in einem schwarz-goldenen Gewand mit Kapuze. Unter dem dunklen Stoff konnte er ein blasses, ausgezehrtes Gesicht erkennen.

»Sie sind Orek, nicht wahr?«, lächelte der Mann und streckte ihm abermals die Hand entgegen. »Mein Name ist Alastair. Schön, Sie kennen zu lernen.«

»Er ist Nekromant!«, ergänzte der andere Mann von eben hinter ihm, der wohl gerade dieses Monster von Hund in das Haus gebracht hatte. Er war um einiges kleiner und auch etwas gedrungener. Sein rotes Haar hatte er zu einer Tolle gekämmt und seine Kleidung erinnerte Orek an Elvis. Auch er streckte ihm lächelnd die Hand entgegen. »Brian, ich bin Elfenkrieger.«

Nun mochte jeder andere Mensch wohl denken, er befinde sich gerade mitten in einem bekloppten Rollenspiel oder zwischen Irren im Garten einer Nervenheilanstalt, Orek jedoch antwortete ebenso freundlich und ernst: »Ich bin Orek, der Drachenbezwinger.«

Sofort verstanden sich die drei gut. Sie fühlten sich wie Leidensgenossen in einer verrückten Welt und schnell kristallisierte sich heraus, warum. Während Spike vor dem Kamin im Wohnzimmer zufrieden an einem Dinosaurierknochen herumnagte, erzählten sich die drei sonderbaren Männer ihre Geschichten.

Brian, der Nachfahre des berühmten Elfenkriegers Lagoles, stammte aus dem irischen Bergenland. Die traditionelle Strumpfhosen-Kluft des Stammes konnte er aufgrund einer Lycra-Allergie nie tragen. Auch die typischen spitzen Ohren seines Volkes hatte er nicht geerbt, weil einer seiner Vorfahren die Finger nicht von einer Menschenfrau lassen konnte. Ein rezessiv vererbtes Gen, meinte er. Brian hatte nie das Gefühl, in seinen Stamm zu passen und als ihresgleichen wollte ihn seine Familie nie ansehen. Da half es auch nicht, dass keiner seiner Verwandten so gut mit Pfeil und Bogen umgehen konnte, wie er. Er war unglücklich und lief fort.

Alastair wollte schon immer mit seinen Kräften dem Guten dienen. Leider hatte er es bis heute nicht geschafft, einen vollständigen Untoten zu beschwören. Er schämte sich für seine Unfähigkeit und floh aus seinem Heimatland Rumänien in eine ruhige Gegend, in der ihn niemand kannte. Er wollte üben und zurückkehren, wenn er seine Fähigkeiten perfektioniert hatte. Allerdings machte er seit seiner Reise nicht wirklich Fortschritte und das, obwohl er so hart trainierte, wie es kein Nekromant vor ihm tat. Folglich passierte es leider, dass einfach mal eine graue, gammelige Hand durch den Flur schubberte oder ein herrenloses Auge durch den Vorgarten rollte. Halbtags arbeitete Alastair in einem Bestattungsinstitut. Zumindest dort war man froh darüber, dass er fehlende Körperteile von Unfallopfern für Bestattungen zeitweise nachwachsen lassen konnte. Man musste es dann nur schaffen, diese ruhig zu bekommen.

Beide Männer hatten es irgendwann satt, ohne Lebensaufgabe herumzuirren und trafen just an diesem Punkt zufällig aufeinander. So verschieden sie waren, sie wurden die besten Kumpels. Den Zerberus fanden sie geschunden und misshandelt im Wald und nahmen sich seiner an. Seitdem liebte er sie heiß und innig.

Nun war Orek mit seiner Geschichte dran. Nun ja, sein Leben war nahezu perfekt. Bis auf dieses eine Mal, damals, als er in seinem Heimatland beauftragt wurde, einen goldenen Drachen zu töten. Dieses linke Biest hatte ihn an der Nase herumgeführt, ihm Reichtümer angeboten und ihm versichert, sein Dorf zu verschonen, wenn er es im Gegenzug ziehen lassen würde. Gesagt, getan.

»Deal«, sprach Orek damals und wollte dem Drachen die Hand reichen, der sich aber sofort in die Lüfte erhob und mit einer grausigen Lache das gesamte Dorf abfackelte. Zwar konnten sich alle Einwohner wie durch ein Wunder vorher in Sicherheit bringen, doch alles, was sie hatten, fiel den Flammen zum Opfer.

Als Strafe katapultierte der Druide mit der heißen Tochter ihn in eine andere Zeit - unspektakulär und fluchend, wie ein Bauarbeiter. Immerhin, es hätte ihn schlimmer treffen können. Mitten unter Dinosauriern oder gar Amöben. Er spielte doch so gerne Skat und hatte man schon einmal einen T-Rex Skat spielen gesehen? Die Viecher schafften ja nicht mal eine Liegestütze mit ihren verkümmerten Ärmchen. Seitdem tingelte Orek jedenfalls von Stadt zu Stadt, ohne feste Bleibe – bis jetzt.

Der blonde Hüne bezog ein Zimmer der großen Hütte und das Leben dort gefiel ihm zusehends. In den Alltag der drei Männer kehrte Routine ein. Die Axt schwang Orek meist nur noch, um im Wald Feuerholz für den Kamin zu sammeln. Er fand Arbeit in einem Tierpark, die er eigentlich nur annahm, weil die Elefantenpflegerin aussah, wie seine Exfreundin – also die Brünette mit den unglaublich langen Beinen. Entgegen seiner ersten Einschätzung machte ihm aber sogar die Arbeit mit den Tieren von Tag zu Tag mehr Spaß. Nur die Reptilien konnte er nicht leiden. Das jedoch lag wohl an den schlechten Erfahrungen mit ihren geflügelten Artgenossen.

In seinen Mitbewohnern hatte er gute Freunde gewonnen. Dass sie anders waren, störte ihn nicht. Überhaupt, was ist schon anders? Was ist normal? In der Loser-WG – so nannte er die Gemeinschaft - urteilte keiner über den anderen. Hatte Orek doch die größten Macken von allen. Schnell verlor er mal die Beherrschung und außerdem sabberte er ständig irgendwelchen Frauen hinterher, was zur Folge hatte, dass er absolut beziehungsunfähig war. Doch liebte er es so an seinen neuen Freunden, dass eben solche Dinge ihnen nichts ausmachten. Das beruhte auf Gegenseitigkeit. Mittlerweile konnte er nachts sogar besser einschlafen, wenn Alastair im Keller skurrile Zaubersprüche zu donnernder Orgelmusik vortrug. Auch störte es ihn nicht im geringsten, dass Brian regelmäßig mit den Zimmerpflanzen sprach, ja regelrecht diskutierte. Einseitig waren die Diskussionen nie - auch, wenn die Antworten der Grünpflanzen immer mit ein, zwei Tagen Verzögerung kamen - in Form von welken Blättern zum Beispiel, mit denen sie ihrem Unmut Ausdruck verliehen.

Abend für Abend wartete Orek darauf, dass Spike neben ihm auf die Couch sprang, seine drei Köpfe auf seinem Schoß ablud und wohlig schmatzend zu schnarchen begann. Der Drachenbezwinger war glücklich, auch, wenn ihm jeden Abend beide Beine taub wurden, weil er das zusammengerollte Bündel Höllenhund nicht wecken wollte. Orek hatte eine wundervolle Bleibe gefunden. Und doch fehlte ihm etwas.

Eines Morgens stand er gerade vor dem Badspiegel und rasierte sich das Kinn, als aus der Küche ein spitzer Schrei ertönte. Brian schimpfte wie ein Rohrspatz und als Orek die Küche betrat, sah er sofort, warum. Etwas Helles, Längliches plantschte munter in Brians Müslischüssel herum und dabei schwappte immer wieder Milch über die Schüssel. Überflüssiger Weise bemerkte Brian angeekelt und mit spitzen Fingern auf die Schüssel deutend: »Da schwimmt ein Finger in meinem Müsli! Das geht zu weit!«

Den Anblick herrenloser, herumirrender Körperteile gewohnt, schlug Orek dem Elfen prustend vor, das Teil doch einfach als Fleischeinlage zu sehen.

Peinlich berührt stürmte nun auch Alastair in den Raum und entschuldigte sich reumütig mit der gewohnten Stimme eines todbringenden Phantoms. Er dachte, er hätte nach seinem Versuch in der letzten Nacht wieder alles einsammeln können, doch das Fingerchen war wohl zu flink. Vielleicht habe es ja mal einem Gitarrenspieler gehört.

»Stell dir mal vor, das Teil hätte sich im Kühlschrank unter die Würstchen gemogelt«, würgte Brian hervor, fischte den Finger aus dem Müsli und schnippte ihn Alastair entgegen, der ihn mit einer Handbewegung verschwinden ließ. Plötzlich mussten alle lachen. Sogar Alastair grinste.

»Irgendwie sollte es doch möglich sein«, bemerkte Orek, sich Lachtränen aus den Augenwinkeln wischend, »unsere Kräfte für das Gute einzusetzen.«

»Pssst«, entgegnete Brian und deutete auf den kleinen Fernseher auf der Küchenanrichte. Sie verstummten sofort und lauschten aufmerksam der Reporterin, die im Mini und auf hochhackigen Schuhen vor der größten, merkwürdigerweise abgesperrten Bank der Stadt herumstackste. Mehrere bewaffnete Männer hatten die Bank gestürmt, alle sich darin befindlichen Menschen als Geiseln genommen und sich mit irrsinnigen Forderungen in den Geschäftsräumen verschanzt. Den Einsatzkräften waren vorerst die Hände gebunden, hieß es.

Wortlos starrten die drei WGler sich an, standen auf und bereiteten sich auf die Schlacht vor, die sie so vermisst hatten. Orek zog seine Axt unter dem Bett hervor und schulterte sie, wie er es damals immer getan hatte. Brian kletterte auf seinen Kleiderschrank, um den Bogen samt Köcher mit Pfeilen aus einem verstaubten Laken zu befreien und Alastair – nun ja – Alastair nahm seinen Stock.

Dank der forschen Fahrweise des Nekromanten waren die drei Männer derartig schnell am Ort des Geschehens, dass sie noch nicht einen Gedanken an einen Plan verschwenden konnten. Alastair war in der Lage, mit Magie an andere Orte zu reisen, doch wie seine Fähigkeit zur Totenbeschwörung nicht ganz ausgereift war, verhielt es sich auch hier. Ortereisen bedeutete für ihn im Keller zu verschwinden und auf dem Dachboden aufzutauchen. Größere Distanzen konnten den Verlust von Gliedmaßen oder Organen zur Folge haben.

Leider war das Areal um die Bank herum sehr weitläufig abgesperrt und durch die Massen der Schaulustigen konnte man noch gut fünf Meter dazurechnen, die es zu bewältigen gab, um in die Bank zu gelangen. Außerdem würde die Polizei vermutlich keine zwei Irren mit mittelalterlichen Waffen und einen Vermummten durch die Absperrung hindurch lassen.

»Die Kanalisation!«, meinte Brian und deutete auf einen großen Kanaldeckel hinter ihnen. »Wenn wir uns genau unter der Bank befinden, sind es kaum fünf Meter bis hinein.«

Da niemand eine bessere Idee hatte, um Brian zu überstimmen, stiegen die Männer letztendlich die Streben der Gulliöffnung hinunter. Den letzten Meter mussten sie aufgrund fehlender Vorrichtung ins Schwarze springen. Es platschte drei Mal.

»Alles in Ordnung bei euch?«, fragte Orek und Alastair erwiderte trocken: »Sicher. Ich stehe knöcheltief in der Scheiße.«

Tatsache. Rasch nahm Orek seinen Stein in die linke Hand und verkündete ihm sein Ziel. Das grüne Stück leuchtete so hell, dass man das Tunnelgeflecht, in dem die drei Männer sich befanden, deutlich sehen konnte. Zuverlässig lotste das Juwel sie durch die Gänge, bis es sich schließlich aufrecht stellte. Sie befanden sich nun genau unter der Bank.

»Hakt euch bei mir ein und macht euch auf die Schlacht gefasst«, hallte Alastairs Stimme durch die Gänge wider.

Das Gefühl, den Ort derartig schnell zu wechseln, war unbeschreiblich. Ein bisschen, als würde man aus heiterem Himmel auf der Achterbahn Darmprobleme bekommen. So war es zumindest für Orek.

Sekunden später standen die drei Männer mitten im Schalterraum der Bank. Der Drachenbezwinger bediente sich seiner blitzschnellen Auffassungsgabe und sah sich um, noch ehe die Bankräuber ihn registrierten. Es waren drei Männer, bis an die Zähne bewaffnet. Alle anderen Menschen lagen bäuchlings auf dem Boden. Wie ein eingespieltes Team, das seit Jahren Tag für Tag Seite an Seite kämpfte, visierte jeder einen der Räuber an und keiner der drei Gegner hatte auch nur den Hauch einer Chance.

Alastair beschwor mit einem Stampfen seines Stocks auf den Boden drei Dutzend Hände, die blitzschnell an ihrem Opfer hinaufkrabbelten, um es zu Fall zu bringen. Während fünfunddreißig eiskalte Händchen ihr Opfer am Boden hielten, entwaffnete eine weitere es und schleuderte die Waffe von ihm fort.

Brian schoss alle Pfeile aus seinem Köcher in Rekordzeit ab - bis sein Gegenüber durch seine Kleidung hindurch an die Sichtschutzwand gepinnt war. Es erinnerte an eine ägyptische Wandmalerei.

Orek unterdessen schwang seine Axt, wie er es früher immer getan hatte und stieß ein befreiendes Kampfgebrüll aus, das sein Opfer dazu veranlasste, die Waffe von sich zu werfen und flehend in die Knie zu gehen.

Im Polizeibericht würde stehen, dass man ein Einsatzteam, dazu ausgebildet, Geiselnahmen unblutig zu beenden, eingeschleust hatte und dieser Einsatz ein voller Erfolg war.

Orek, Brian und Alastair verschwanden, noch bevor die Polizei die Bank stürmte. Alles, was sie fand, war ein mit Pfeilen bewegungsunfähig gemachter Täter, einen, der aus unerklärlichen Gründen bewegungslos am Boden lag und einen, der unsinnige Dinge stammelte und bat, ihn festzunehmen und abzuführen. Er wollte nur nicht geköpft werden. Die eigenartigen Zeugenaussagen wurden als Fantasien verwirrter, bemitleidenswerter Geiseln abgetan. Es waren ohnehin nicht viele, denn die meisten hatten aus Angst vor den Bankräubern den Blick stets zu Boden gerichtet. Orek, Brian und Alastair war es gleichgültig, wer die Lorbeeren für die Rettung der Menschen in der Bank einheimste und sie scherten sich nicht darum, welche Gerüchte durch die Medien gingen.

Als Orek jedoch Wochen nach dem Vorfall im Tierpark einen kleinen Jungen traf, der mit strahlendem Lächeln meinte: »Du bist doch einer von den drei Helden aus der Bank! Du hast zwar komisch gerochen, aber wenn ich mal groß bin, will ich genau so werden, wie du!« - da wusste er, dass es das war, was er wie seine Freunde so schmerzlich vermisst hatte.

Wann immer es seitdem Unruhen in der Stadt gab – die drei Männer der Loser-WG waren stets zur Stelle und sorgten für Gerechtigkeit. Sie betraten dafür nur nie wieder die Wege der Kanalisation.

JEDER IST SICH SELBST DER NÄCHSTE

»Tut mir leid, aber jeder ist sich selbst der Nächste«, hörte ich gerade noch die Stimme meiner ehemals besten Freundin Luisa von meiner Mailbox trällern, stellte sie aus und ließ mein Handy in die Jackentasche gleiten. Wieso sollte diese Woche auch besser weitergehen, als sie angefangen hatte?

Montagnachmittag fuhr mir jemand während meiner Abwesenheit mein auf einem Supermarktparkplatz abgestelltes Auto zu Schrott und flüchtete. Natürlich hatte niemand auf dem gut gefüllten Parkplatz etwas gesehen und ich konnte mir auch nicht denken, dass der andere Wagen nach der einseitigen Kollision noch taufrisch aussah. Meiner war jedenfalls vollkommen verzogen und sprang nicht mehr an.

Gestern fiel dann die Heizung in meinem alten, windschiefen Häuschen aus. Ein irreparabler Schaden, meinte der Fachmann. Noch am gleichen Tag warf er eine Rechnung über seine Dienste in meinen Briefkasten, die den Eindruck erweckte, er habe die Heizung komplett getauscht und die neue mit Blattgold überzogen.

Heute Morgen war das Erste, das ich hörte, die Stimme der Frau, die ich seit fünfzehn Jahren kannte und der ich vertraut hatte, wie kaum jemand anderem. Sie hatte nachts um zwei Uhr angerufen, wohl zu feige, um direkt mit mir zu sprechen. Ich hatte einen recht anstrengenden Job und um die Uhrzeit schlief ich ausnahmslos. Luisa verkündete mir, dass sie und mein Freund Jürgen seit nunmehr drei Monaten eine Beziehung führten und er mich verlassen würde. Sie wollte es mir aber zuerst sagen, mit einem gehässigen Ton, der mich mitsamt der Tatsachen so erschütterte, dass mir schwarz vor Augen wurde.

Ich torkelte einen Schritt zurück und fiel weich in den alten Ohrensessel meiner Urgroßmutter, der seine Bestimmung in meinem Flur gefunden hatte. Zugleich zweifelte ich an nahezu allem in meinem Leben. Ein Umfeld voller Lügen, egoistischer Menschen und mittendrin ich, die tieftraurig im Sessel versank, bis sie kaum noch zu sehen war. Jürgen und ich waren mittlerweile vier Jahre zusammen. Er wollte in einem Monat zu mir ziehen. Es fuhr mir wie ein Blitz durch den Schädel, als mir klar wurde, wie dumm ich doch war. Der Nebenjob im Fitnessstudio, den er abends hatte, die unregelmäßigen Arbeitszeiten bis tief in die Nacht und das magere Gehalt dafür, das angeblich für die Studiengebühren komplett draufging. Seit Monaten zahlte ich seine Miete, damit er über die Runden kam. Und wenn ich jetzt im Fitnessstudio anrief, würde man seinen Namen vermutlich dort nicht einmal kennen. Er verbrachte die Zeit mit Luisa und lachte mit ihr darüber, dass ich ihre Abendessen finanzierte.

Ich fühlte mich wie ein benutzter Lappen, mit dem man das ganze Haus samt Klo gewischt hatte. Ein Lappen, der in einem Hamsterrad unaufhörlich herumgebeutelt wurde. Ohne Ausweg, ohne Pause. Wie mechanisch angetrieben stand ich auf. Ich musste zur Arbeit. Frierend trat ich aus dem Haus in die Winterkälte, zog die Jacke näher an meinen Körper und stieg auf mein altes Fahrrad. Nach einer guten halben Stunde erreichte ich schließlich die Straße, in der sich auch das Büro befand. Leider musste ich das Rad um die Ecke an einer Grundschule abstellen, da es vor meiner Arbeitsstätte keine Möglichkeit dafür gab. Ich nahm meine Tasche und die Arbeitsmappe vom Gepäckträger und lief los, um nicht zu spät zu kommen. Der Chef des Zeitungsverlags war ein cholerischer und jähzorniger Mensch, doch wenn man sich unauffällig benahm, war man eins von vielen Schäfchen im Verlag und wurde in Ruhe gelassen.

Hastig schlängelte ich mich geschickt an einigen Menschen auf dem Bürgersteig vorbei und freute mich darüber, so gut voranzukommen. Bis ich an einer Ecke schlagartig von einem Amboss gestoppt wurde. Ich prallte mit voller Wucht gegen ihn, verlor das Gleichgewicht und plumpste auf den Hintern, während meine Arbeitsmappe sich weitläufig über den Bürgersteig erbrach. Meine Texte flatterten in alle Richtungen, während ich realisierte, dass mein Gegenüber gar kein Amboss war. Ein junger Mann von imposanter Größe in einem maßgeschneiderten Sakko stand erschrocken vor mir und brauchte wie auch ich einige Sekunden, bis er sich wieder gefangen hatte.

»Tut mir so leid, ich war vollkommen in Gedanken«, brach es aus ihm heraus, als er mir die Hand reichte. Etwas zitternd ergriff ich sie und er zog mich mühelos zurück auf die Füße, bevor er sich bückte, um meine Papierflut zusammenzuklauben.

»Nein, das war meine Schuld«, entgegnete ich und tat es ihm nach, schlug dabei noch um ein Haar mit meinem Kopf gegen seinen. Eilig sammelten wir alles zusammen und er gab mir seinen Teil des geretteten Papiers.

»Ist alles in Ordnung?«, fragte er und ich nickte. »Bei Ihnen?«

Nun lachte er. »Keine Sorge, da muss schon ein anderes Kaliber mit mir kollidieren, um mich zu fällen.«

Wir lachten beide und schlagartig wurde mir bewusst, dass ich zu spät zur Arbeit kam. Eilig bedankte ich mich bei dem Mann für seine Hilfe und huschte samt Gepäck an ihm vorbei, um gerade noch rechtzeitig an meinem kleinen Arbeitsplatz einzutreffen.

Mein Computer war einer von vielen in einem Großraumbüro, abgetrennt von den anderen durch aschgraue fahrbare Wände. Ich hatte meine Seiten mit zwei alten Tischdecken zugehangen, damit ich Notizen und Fotos daran befestigen konnte. Gerade wollte ich meinen PC hochfahren lassen, da hörte ich meinen Namen und zuckte merklich zusammen. Es war der Chef.

Schließlich stand ich wie ein Häufchen Elend in seinem Büro, während er wie ein Graf auf seinem Hightech-Bürostuhl saß und trotz seiner Position auf mich herabsah.

»Sie müssen verstehen«, begann er und sah mich an wie eine störende Warze, »dass schwierige Zeiten unangenehme Konsequenzen nach sich ziehen. Und leider muss ich Ihnen mitteilen, dass wir Personalkürzungen vornehmen müssen.«

Um seinen zehnminütigen Monolog kurzzufassen, reichten einige wenige Worte. Ich war in dieser Firma ganz unten in der Nahrungskette. Unter der Fußmatte, quasi austauschbar. Und deshalb wurde mir gerade gekündigt. Ich brauchte auch gar nicht mehr ins Büro zu kommen, weil ich ja noch Resturlaub hatte, den man mir ungerne auszahlen wollte. Kurzum konnte ich alles zusammenpacken und gehen.

Wortlos schlurfte ich aus dem Chefbüro und vermisste bei mir selbst jegliche Emotion. Ich konnte nicht einmal mehr weinen oder schreien. Stattdessen sah ich einfach zu, wie die hübsche Praktikantin, welche dem Chef seit drei Wochen fast auf dem Schoß saß, meine Tischdecken abhing und sie mit allen anderen Dingen auf meinem Schreibtisch achtlos in einen Karton warf, um meinen Platz einzunehmen.

»Jeder ist sich selbst der Nächste«, grinste sie, als ich den Karton an mich nahm, zusammen mit meiner Tasche und der Arbeitsmappe, die ich daran festgebunden hatte.

Schließlich stand ich auf der Straße und tapste wie ein verlorenes Schaf in Richtung meines Fahrrades. Ich befürchtete, man hatte mir nun auch noch die Reifen zerstochen oder das ganze Rad gestohlen, aber dem war nicht so. Gerade hatte ich wieder ein Fünkchen Hoffnung zurückbekommen, da riss mir jemand mit voller Wucht und Gewalt meine Tasche vom Arm und rannte fort. Ich war so überrumpelt, dass ich den Karton fallen ließ und erst gar nicht richtig begriff, was hier passierte.

»Halten Sie den Mann, er hat meine Tasche!«, schrie ich wie am Spieß in die Menschen hinein, durch die sich der Mann unachtsam schob, doch niemand reagierte. Schon war er außerhalb meines Sichtfeldes. Es hatte keinen Sinn, ihn zu verfolgen.

Das war alles zu viel. Meinen schmerzenden Arm haltend, sank ich auf die Knie und stützte mich auf den Karton, während mir nun doch die Tränen kamen. Auf einmal war ich froh, dass mich niemand beachtete, während ich dort weinend neben meinem Fahrrad kauerte. Ohne Job, Geldbörse, andere Habseligkeiten und meiner Arbeit der letzten Wochen. In der Mappe befanden sich nämlich in meiner Freizeit handgeschriebene Texte für die Zeitung, die ich abtippen wollte und Zeichnungen für einen geplanten Cartoon auf einer Sonderseite. Ich dachte nach jedem Vorfall, dass es nicht schlimmer kommen konnte, doch langsam verlor ich jeglichen Optimismus. Ich konnte einfach nicht mehr.

Meine Heimfahrt bekam ich gar nicht bewusst mit. Ich funktionierte wie ein Autopilot. Am gleichen Abend meldete ich noch den Diebstahl bei der Polizei, ließ meine Bankkarte sperren und nahm mir vor, morgen das Haustürschloss auszutauschen, damit Jürgen keinen Fuß mehr in mein Haus setzen konnte. Auch den Dauerauftrag an seinen Vermieter würde ich gerne in Papierform vor seinen Augen vaporisieren, begnügte mich aber mit einem Telefonat mit der Bank.

Nach Stunden der Verzweiflung plante ich noch am späten Abend, mein Leben umzukrempeln, schnellstens einen neuen Job zu finden, und zwar einen, in dem ich mich wohl fühlte, und dringend meine falschen Freunde auszusortieren. Mein Optimismus war wieder da, denn viel schlimmer konnte es wirklich nicht kommen.

Die schrille Haustürklingel riss mich aus dem Schlaf, welcher mich erst nachts um drei ereilt hatte. Mit zusammengekniffenen Augen schaute ich auf den Wecker. Neun Uhr. So lange hatte ich seit Monaten nicht mehr geschlafen. Mühevoll rappelte ich mich auf und zog fröstelnd meinen Bademantel über den Schlafanzug, bevor ich zur Tür lief. Als ich diese öffnete, staunte ich jedoch nicht schlecht.

»Entschuldigen Sie die Störung, aber ich glaube, das gehört Ihnen«, sagte der Mann, an dem ich noch gestern wie ein Flummi abgeprallt war und reichte mir lächelnd meine Tasche samt Mappe, die mir gestern gestohlen wurden.

Mit offenem Mund nahm ich sie entgegen und stotterte: »W-wie haben Sie die bekommen?«

»Nun ja«, grinste er. »Ich lief nichtsahnend die Straße entlang, da rannte so ein Typ mit Ihrer Tasche mit voller Wucht in meine Seite. Und der war nicht so robust, wie Sie. Der ist liegen geblieben.«

Schlagartig mussten wir beide lachen. Es war das erste Mal seit langem, dass ich so herzlich und ehrlich lachen konnte. Der Dieb blieb in der Tat so lange k.o., bis die Polizei eintraf. Da meine Adresse in der Tasche zu finden war, konnte man mich einfach aufspüren.

»Vielen Dank«, meinte ich schließlich und merkte zugleich, dass ich nicht mal den Namen meines Helfers kannte.

Er winkte ab und entgegnete, als ob er Gedanken lesen konnte: »Nicht dafür. Ich bin übrigens Mike.«

»Anna«, antwortete ich und schüttelte seine Hand.

Ich wollte ihn nicht hineinbitten, weil ich ihn kaum kannte und in letzter Zeit genügend unangenehme Erfahrungen gemacht hatte. Außerdem würde er dann bemerken, dass es in meinem Haus ebenso eisig war, wie draußen. Ich empfand es aber auch als undankbar, ihm jetzt einfach die Tür vor der Nase zu schließen.

»Darf ich Sie was fragen?«, hörte ich ihn die unangenehme Stille durchbrechen und sah, wie er auf meine Tasche deutete. »Ich weiß, es geht mich gar nichts an, aber aus der Mappe flogen wieder einige Blätter und ich konnte meine Neugier nicht zügeln. Das, was ich da gesehen habe, war eine sehr gute Arbeit. Machen Sie das beruflich?«

»Ja«, nickte ich, unendlich glücklich darüber, dass jemandem meine Arbeit gefiel und merkte sogleich, dass ich unabsichtlich log.

»Suchen Sie zufällig einen neuen Job?«, fragte Mike nun und ich sah ihn verblüfft an. Er lachte. »Ich arbeite bei einem größeren Verlag und wir suchen noch einen talentierten Illustrator. Sie wären perfekt. Außerdem würde ich sagen, dass Sie aufgrund ihrer ausgezeichneten Rechtschreibung und Art, sich auszudrücken auch das Zeug zum Lektor haben. Na, was sagen Sie?«

Nachdem ich mich mehrmals vergewissert hatte, nicht zu träumen, nahm ich das Jobangebot an und stellte nachträglich fest, dass Mike gewaltig untertrieben hatte. Er war der Chef eines riesigen Verlages, dessen Büroräume so groß waren, dass ich ein eigenes Büro bekam. Die Tischdecken wurden durch Pinnwände ersetzt, gehässige Kollegen durch ein angenehmes Arbeitsklima, das ich mir in meinen kühnsten Träumen nicht vorzustellen vermochte.

Durch seinen harten Aufprall am Stahlarm meines Chefs hatte der Dieb nicht einmal die Chance, irgend etwas aus meiner Tasche herauszunehmen. Bald konnte ich meine Heizung auswechseln lassen und mir einen kleinen gebrauchten Wagen leisten.

Irgendwann bekam ich mit, dass Jürgen sein Studium abgebrochen hatte und jetzt Luisa auf der Tasche lag, sicherlich aber noch die ein oder andere zusätzliche Einnahmequelle in Form eines vermeintlichen Nebenjobs hatte.

Aber das schönste, das ich erfahren hatte, als ich schon gar nicht mehr daran glaubte, war, dass offenbar doch nicht jeder sich selbst der Nächste war.

KARMA HAT KEIN VERFALLSDATUM

Wie kann ein Mensch, der mit offenen Augen durch die Welt geht, derart getäuscht werden? Vielleicht sind es die Liebe und das Glück, welche ihn vorübergehend erblinden lassen. Gefühle, die sich mal wieder als Trugbilder herausstellten.

Meinen Eltern war ich stets eine Last, also suchte ich an anderen Orten Anerkennung, welche ich aufgrund meiner schulischen Leistungen fand. Ich lernte jede freie Minute und jobbte nebenbei, um mir ein Studium ermöglichen zu können. Mit achtzehn Jahren konnte ich eine kleine Wohnung beziehen. Nach meinem erfolgreich abgeschlossenen Architekturstudium fand ich einen Arbeitsplatz in einem der größten Büros des Landes und stieg durch harte Arbeit die Karriereleiter hinauf. Ich konnte mich selbstständig machen und hatte einen großen Kundenstamm. Einige Jahre später war ich in der Lage, mir ein eigenes Haus zu kaufen. Nun hatte ich mein eigenes Reich und Erfolg, doch zu welchem Preis? Ich war vollkommen allein. Und dann traf ich Rainer.

Ich begegnete ihm in der Bahn, auf dem Weg nach Österreich. Auf halber Strecke stieg er hinzu und setzte sich neben mich. Als er seine Fahrkarte vorzeigte, sah ich das Bild eines kleinen süßen Mädchens in seiner Brieftasche. Wir kamen ins Gespräch und er erzählte mir, dass es seine Nichte sei. Er selbst wäre durch seinen Beruf kaum in der Lage, Freunde zu finden. Zu sehr war er beschäftigt, betreute Immobilienverkäufe im Ausland und musste viel reisen. Er war mir sofort sympathisch, schien mir ähnlich zu sein und dies sollte nicht unsere einzige Begegnung bleiben.

Wenn es die Zeit zuließ, trafen wir uns und redeten über Gott und die Welt. Ich hatte das Gefühl, das gefunden zu haben, was ich bis dahin mein Leben lang schmerzlich vermisste. Und ich wollte es nicht wieder verlieren.

Vier Monate später zog Rainer zu mir und nur eine Woche darauf machte er mir einen Heiratsantrag. Wir heirateten still und heimlich an einem Strand und vervollständigten unsere wundervolle Zweisamkeit mit einem Herzenswunsch, den wir, wie ich von ihm erfuhr, beide hatten. Fortan teilten wir uns Haus und Garten mit einer tollpatschigen, knuffigen Dogge namens Huxley. Ich hatte die Möglichkeit, größtenteils von zu Hause aus zu arbeiten und wenn Rainer auf Dienstreise war, fühlte ich mich nicht alleine mit meinem neuen kleinen Freund. Ich war der glücklichste Mensch auf Erden – für genau ein Jahr. Dann fing die perfekte Fassade an zu bröckeln.

Vor einigen Wochen sprach mich eine Kollegin auf dem Weg zum Tierarzt an. Sie war sich sicher, meinen Mann während ihres Las Vegas Urlaubes in einem Casino gesehen zu haben. Er sei in Begleitung einer jungen Frau gewesen, die ihm unentwegt auf dem Schoß saß. Im Brustton der Überzeugung entgegnete ich ihr, dass es sich um eine Verwechslung handeln musste. Zu der Zeit war Rainer dienstlich in Norwegen unterwegs. Im Nachhinein könnte ich mich für meine Dummheit ohrfeigen.

Vor drei Tagen wollte ich unsere geplante Reise nach Italien buchen, erschrak dann, als ich sah, dass auf unserem gemeinsamen Konto nicht mal mehr ein Cent war. Sofort rief ich Rainer an und fragte ihn, wo das ganze Geld geblieben war, denn ich hatte es nicht angerührt. Er entschuldigte sich und erklärte mir, dass er damit einem guten Freund half, der alles durch einen Hausbrand verloren hatte. Dann fügte er hinzu, dass er sich sicher war, ich hätte das auch getan und in zwei Monaten bekämen wir das Geld wieder zurück. Wieder behielt ich meine Scheuklappen an und verbot mir selbst, weiter darüber nachzudenken. Schließlich war die Geschichte plausibel und Rainer war viel zu gutmütig.

Vor einer Stunde wollte ich im Supermarkt Lebensmittel für ein großes Willkommensessen besorgen. Morgen würde mein Mann von einer einmonatigen Geschäftsreise aus Dubai zurückkommen und ich wollte ihn überraschen.

Nachdem ich den Inhalt des doch recht vollen Einkaufswagens auf dem Warenband verteilte, passierte mir das Peinlichste, was einem Menschen an einer Kasse passieren kann. Ich wollte mit meiner Karte bezahlen, doch war dies auch nach mehreren Versuchen nicht möglich. Ein Blick auf mein Konto kurz darauf verriet, dass mein ursprünglich beträchtliches Guthaben ohne mein Beiwerk plötzlich auf einige Cent geschrumpft war. Ich fiel aus allen Wolken. All mein Geld war weg. Wie sollte ich die Rechnungen nun bezahlen? Ich hatte nichts mehr. Wie konnte das passieren? Niemand kam an meine Kontodaten. Niemand, außer...

Ohne volle Einkaufstaschen fuhr ich nach Hause, stürmte vorbei an Huxley, der mich freundlich begrüßte und setzte mich erst einmal, atmete einige Minuten durch. Dann nahm ich das Telefon und drückte die Kurzwahltaste für Rainers Geschäftshandy. Nach einiger Zeit ging er ran.

»Was ist los, Schatz?«, meldete er sich mit fröhlichem Ton in der Stimme.

»Ich war gerade einkaufen, Rainer«, entgegnete ich trocken.

»Hast du was Schönes gefunden?«, fragte er, als ob nichts sei und ich schnaufte.

»Warst du an meinem Konto? Es ich nichts mehr drauf, ich konnte nicht einmal mehr ein Brot kaufen.«

Es folgte eine längere unangenehme Pause, bis ich Rainer tief einatmen hörte.

»Ein Bekannter von mir steckt tief in der Misere.«

Das konnte doch wirklich nicht wahr sein!

»Und deshalb bestiehlst du mich, Rainer? Ich meine, du hast ziemlich viele Bekannte, die Probleme haben.«

»Ja, tut mir leid. Es musste halt schnell gehen«, erwiderte er, nicht mehr so gelassen.

»Warum sprichst du nicht mit mir? Ich dachte, wir könnten uns alles anvertrauen. Hast du Probleme?«, versuchte ich, etwas mehr aus ihm herauszubekommen, doch ohne Erfolg.

»Lass uns darüber reden, wenn ich morgen wieder da bin, Schatz. Bis dann.«

Das war alles, dann legte er einfach auf. Vollkommen perplex hörte ich dem Tuten zu und endlich begann es in meinem Kopf zu rattern. Hier stimmte etwas nicht, etwas war gewaltig faul. Das Gespräch morgen war mehr als überfällig und ich wollte Tatsachen. Dann konnte er mir nicht mehr davonlaufen oder einfach auflegen.

Doch zuerst musste ich etwas zu essen besorgen. Der Kühlschrank war leer und gerade fiel mir ein, dass ich einen Notzwanziger für alle Fälle im Flur zwischen den Seiten eines Buches deponiert hatte. Leider wusste ich nicht mehr genau, um welches Buch es sich handelte und musste deshalb einige Exemplare aus dem Regal nehmen. Dabei fand ich etwas, das ich wohl niemals hätte finden sollen.

Hinter dem Regal klemmte eine Mappe, so gut getarnt, dass man sie niemals finden würde, wenn man nur ein Buch herauszieht, um es zu lesen. Mit einem Ruck zog ich sie heraus und öffnete sie. Mir wurde schlecht. Mein Fund dokumentierte über den Zeitraum des gesamten letzten Jahres hunderte Pferdewetten, Gewinne und Verluste in Casinos und noch mehr. In einem kleinen Notizheft fand ich jeweils auf einer Seite einen Frauennamen, sowie Geldbeträge und weitere Daten. Einige waren wohl durchgestrichen, weil deren Kapital gegen null ging.

Ich blätterte weiter und fand mich. Alles über mich, was relevant wäre, um an mein Geld zu kommen. Auch meine Pinnummern, dazu noch Informationen über meinen beruflichen Werdegang, meine jetzige Arbeit und meinen monatlichen Gewinn.

Jetzt stand ich hier und gerade fiel meine Welt gänzlich zusammen, wie ein Kartenhaus im Luftzug. Ich fühlte mich so grauenhaft, dass ich es nicht beschreiben konnte. Taumelnden Schrittes wankte ich zur Couch, setzte mich und wählte abermals Rainers Nummer, hörte aber lediglich seine Mailboxansage. Er hatte sein Geschäftshandy ausgestellt. Damals, als er zu mir zog, meinte er mal, dass ich ihn auf Reisen niemals auf seinem Privathandy anrufen sollte. Das wäre viel zu teuer und die Anrufe auf sein Diensthandy würden ihm später von seiner Firma erstattet. Was war ich gutgläubig, konnte er mich doch so gut kontrollieren.

Entschlossen wählte ich die Nummer seines Privathandys und es klingelte nur kurz, dann meldete sich eine Frauenstimme, die einen starken französischen Akzent hatte. Im Hintergrund hörte ich das Klingeln von Spielautomaten. Er war offenbar in einem Casino. Geschockt brachte ich kein Wort heraus, bis ich Rainer im Hintergrund in einem Ton poltern hörte, den ich zuvor von ihm noch nie so vernommen hatte.

»Du dumme Pute! Was fällt dir ein, an mein Handy zu gehen. Gib das her!« Kurz war er still, dann knurrte er direkt ins Handy. »Helena, habe ich dir nicht gesagt, du sollst mich verdammt nochmal nicht auf meinem Privathandy anrufen?«

»Wo bist du?«, antwortete ich, ohne seinen Worten Beachtung zu schenken.

»Das geht dich nichts an!«, entgegnete er harsch.

»Ich habe deine Mappe mit den Notizen gefunden«, sagte ich gerade heraus und überraschte ihn wohl damit, denn für einige Sekunden war es still. Die Ruhe vor dem Sturm.

»Denkst du, ich hätte dich je geliebt, du naive arbeitswütige Kuh? Ich liebe weder dich, noch diesen stinkenden Hund. Ich hasse Hunde!«

»Aber Rainer, was ist in dich gefahren?«, keuchte ich und spürte, wie es mir die Kehle zudrückte.

Er lachte. »Helena, eigentlich ist es schade, dass du es schon herausbekommen hast. Bei dir wäre noch einiges zu holen gewesen. Aber jetzt ist wohl Feierabend. Such mich nicht, du wirst mich niemals finden. Und bei meinem Arbeitgeber brauchst du auch erst gar nicht anzurufen. Ich arbeite dort nicht. Ich lebe sehr gut von euch kleinen Schäfchen, mal hier, mal dort. Bye, Schatz. Verpiss dich aus meinem Leben.«

Es folgte erneut ein Tuten und ich ließ das Telefon wie erstarrt fallen, brauchte einige Sekunden, um zu begreifen, was hier gerade passiert war. Mein Leben war nicht mehr, als eine

Lüge in einer Scheinwelt. Bitter weinend vergrub ich das Gesicht in den Händen, fühlte mich, als würde mein Körper jeden Moment aufgeben. Meine Beine zitterten, als würden sie mich nie wieder tragen wollen. Passierte das gerade wirklich?

Ich spürte, wie etwas neben mir auf das Sofa sprang. Eine kalte Hundeschnauze grub sich vorsichtig zwischen meine auf die Knie gestützten Ellenbogen und meinen Bauch. Schluchzend schaute ich auf und Huxley blickte mir direkt in die Augen. Müde lächelnd streichelte ich seinen Kopf und tätschelte seinen Rücken.

»So etwas würdest du mir nie antun, hmm? Deine Liebe ist echt und aufrichtig. Keine Angst, mein Junge. Egal, was kommt, ich lasse dich auch niemals im Stich. Wir schaffen das zusammen.«

Ich wusste nicht, woher ich die plötzliche Zuversicht nahm, aber es ging immer weiter, das war mir klar. Auch wenn es gerade furchtbar weh tat. Es war wie ein schlechter Traum, aus dem man verzweifelt versucht, zu entkommen.

Die Haustürklingel läutete und riss mich aus meinen Gedanken. Mit dem Shirtärmel die Tränen fortwischend, stand ich auf und schaute nach, wer mich besuchen wollte. Zwei Männer in Uniform und mit ausdruckslosen Gesichtern standen vor der Tür.

»Guten Tag, Frau Bauer. Mein Name ist Krause und das ist mein Kollege Schmitt«, begann der Rechte. »Wir sind Gerichtsvollzieher und haben den Auftrag, das Haus samt Einrichtung und den Wagen im Hof zu pfänden, da Sie auf die letzten sechs Schreiben von uns nicht reagiert haben.«

»Wie bitte? I-ich habe gar keine Nachrichten von Ihnen…«, stotterte ich lediglich und verstand nun gar nichts mehr.

»Dürfen wir reinkommen? Wir zeigen Ihnen die Papiere«, antwortete der Kollege nun und schob mich, ohne meine Antwort abzuwarten, vorsichtig zur Seite, um einzutreten.

Rainer hatte Schulden. Es waren über achthunderttausend Euro, so war es zumindest den Herren, welche nun mir gegenüber am Küchentisch saßen, bekannt. Jedenfalls war das

Haus über eine Hypothek in dieser Höhe belastet. Und er machte weitere Schulden. Die Briefe, welche dies belegten und nun in Kopie vor mir lagen, wurden mit Nachsendeanträgen an andere Orte umgeleitet, damit ich nichts davon mitbekam. Dieser dreckige Kerl hatte mein Haus verhökert, ohne mit der Wimper zu zucken. Gerade wandelte ein Teil meiner Traurigkeit sich in eine Mischung aus Wut und Hass um – auf ihn, aber auch auf mich. Wie konnte ich es so weit kommen lassen? Nun hatte ich nicht einmal genug Geld, um mir einen anständigen Anwalt zu leisten.

»Aber wir haben einen Ehevertrag. Da ist alles geregelt. Er kann doch keine Hypothek auf etwas nehmen, das ihm nicht einmal gehört«, schnappte ich nach Luft und Herr Krause zeigte mir weitere Dokumente, die belegten, dass ich mein Haus an Rainer überschrieben hatte. Dokumente, die ich noch nie gesehen hatte – mit meiner Unterschrift. Und ich erinnerte mich schlagartig an all die Dinge, die ich arglos und blindlings unterschrieb, weil er sie mir vor die Nase gelegt hatte. Angeblich gewöhnliche Versicherungsunterlagen und dergleichen. Mir war wohl nicht mehr zu helfen.

»In einer Stunde müssen Sie hier raus. Packen Sie die wichtigsten Dinge zusammen. Haben Sie eine Bleibe? Können Sie bei Freunden unterkommen?«, fragte Herr Krause mit mitleidigem Blick und ich nickte, was einer Lüge gleichkam. Die letzte Zeit habe ich fast ausschließlich meiner Arbeit, Rainer und der kleinen heilen Welt hinter der Fassade dieses Hauses gewidmet. Nein, Freunde hatte ich nicht.

Mit einem Ruck stand ich auf und sah Huxley an, der schwanzwedelnd abwartete, was nun geschehen würde.

»Lass uns Gassi gehen«, lächelte ich und darauf schien er nur gewartet zu haben. Er lief zu mir herüber und sprang aufgeregt bellend an mir hoch. Huxley war alles, was mir wichtig war und ich mitnehmen wollte. Der Zwanziger in den Büchern im Flur war weg, da war ich mir sicher. Papiere musste ich keine mitnehmen, sie waren nach dem, was ich soeben gesehen hatte, sowieso nichts wert. Mit einem letzten Funken Hoffnung sah ich in die Spardose im Schlafzimmer. Zehn Cent hatte er mir gelassen. Bitter auflachend steckte ich sie in die Hosentasche und lief zurück in den Flur, zog meine Jacke über, nahm die Leine und drückte einem der Herren wortlos den Haustürschlüssel in die Hand. Dann ging ich mit Huxley Gassi und es sollte ein langer Spaziergang ohne Ziel sein. Doch wenigstens einer freute sich neben mir tierisch darüber.

Während ich krampfhaft versuchte, zu überlegen, wie es nun weiterging und was ich tun konnte, führte Huxley mich durch die Straßen, offenbar mit einem Ziel. Irgendwann blieb er plötzlich abrupt stehen, ich fiel fast über ihn und schaute irritiert auf. Ich hatte keine Ahnung, wo wir waren und wir mussten weit gelaufen sein. Jedenfalls standen wir vor einer kleinen Spielothek. Die Tür war offen und Huxley wollte unbedingt hinein. Mit aller Kraft hielt ich ihn fest.

»Nein Hux, wir gehen weiter. Na los.«

Auf keinen Fall würde ich etwas betreten, das mir durch meinen verlogenen Mann den Ruin gebracht hatte. Doch Huxley schien noch nie so entschlossen gewesen zu sein, etwas zu erkunden. Unaufhörlich zog er mich weiter hinein, bis ich schließlich vor einem Tresen und er vor einem Automaten rechts daneben stand. Die junge hübsche Blondine vor mir blickte mich mit ihren azurblauen Augen freundlich an.

»Herzlich Willkommen. Darf ich Ihnen einen Kaffee oder ein Glas Wasser anbieten?« Verlegen schüttelte ich den Kopf und drehte mich zaghaft zur Tür, doch sie gab nicht nach. »Möchten Sie Geld für die Automaten wechseln?«, fragte sie nun und ich sah kurz herüber zu Huxley. Winselnd blickte er unentwegt den Automaten an, fixierte ihn regelrecht.

»Nein danke, ich möchte nicht spielen. Mein Hund hat nur viel Kraft und wollte unbedingt hier herein«, meinte ich entschuldigend, ihr wieder zugewandt.

»Na dann vertrauen Sie Ihrem Hund«, lächelte sie und deutete auf den Automaten. »Er scheint einen guten Riecher zu haben und ein Spiel kostet nur zehn Cent. Die hat doch fast jeder unbeachtet in seiner Hosentasche.«

Zehn Cent. Alles, was sich noch in meinen Taschen befand. Was für ein bitterer Zufall. Was sollte ich schon sonst damit anfangen? Nicht mal eine Flasche Wasser bekam ich dafür.

»Ein Spiel und dann gehen wir wieder, verstanden?«, sagte ich entschlossen Huxley zugewandt und nahm das Geldstück aus der Tasche. »Damit du zufrieden bist, du Sturkopf.«

Resignierend ging ich zu dem bunten Automaten, warf das Geld ein und drückte den roten Knopf. Drei Räder drehten sich schnell für ein paar Sekunden und ich sah schon nicht mehr hin, als im nächsten Moment ein schrilles Klingeln ertönte, das mich erschreckte und Huxley an einem Stück bellen ließ. Ungläubig starrte ich erneut auf die Räder des Automaten, welche alle drei bei dem Münzsymbol stehen geblieben waren. Darüber stand in bunten Lettern das Wort 'Jackpot' und oberhalb ein Geldbetrag, der nicht stimmen konnte.

»Sie Glückspilz«, lachte die junge Frau, welche nun neben mir stand und mir die Schulter tätschelte. »Soll ich Ihnen den Betrag direkt auszahlen oder möchten Sie einen Scheck haben?«

»Betrag? Auszahlen?«, hauchte ich und sah sie vollkommen neben der Spur an.

»Ja«, grinste sie und deutete auf den Automaten. »Bar?«

»Wenn es geht, dann gerne«, nickte ich wie automatisiert.

Schließlich bekam ich eine unscheinbare Tasche mit zwei Millionen dreihundertachtundfünfzig Tausend und einem Cent in die Hand gedrückt.

»Ich habe eine Bitte«, meinte die junge Frau nun und ich nickte, noch immer vollkommen verwirrt. Das konnte nur ein Traum sein. »Gehen Sie damit sofort zu einer Bank, bei der Sie noch nicht Kunde sind«, fuhr sie fort. »Eröffnen Sie ein neues Konto und halten Sie die Daten geheim. Das sollte alle Unkosten decken. Und keine Sorge, es kommt alles in Ordnung.«

Ich wusste nicht, wieso sie mir diesen Rat gab und meinte, sie zuvor auch noch nie gesehen zu haben. Auch konnte ich mein Glück kaum fassen. Auf jeden Fall aber war dieser Tipp goldrichtig für mich und meine momentane Situation.

»Oh ich danke Ihnen«, entgegnete ich, trat auf sie zu und zog sie einfach in den Arm. »Wenn Sie wüssten, wie recht Sie haben und was Sie hier gerade für mich getan haben.«

Herzlich erwiderte sie meine Umarmung.

»Ach, jeder freut sich über so viel Geld. Außerdem haben Sie das eigentlich Ihrem Hund zu verdanken. Und nun los, gehen Sie.«

Huxley, der nun nicht mehr wie angewachsen vor dem Automaten stand und auf jeden Fall ab heute jeden Tag einen riesigen Knochen bekommen sollte, trottete brav hinter mir her, als ich wiederum dem Rat der jungen Frau folgte. Ich beglich die Schulden, erlangte mein Haus zurück und reichte die Scheidung ein.

Zwei Wochen später, als alles geregelt war, nahm ich mir vor, die Dame im Casino noch einmal zu besuchen. Ich wollte mich ordentlich bedanken und ihr einen All-Inclusive-Urlaub in Italien spendieren. Gerade war ich dabei, den Fernseher im Wohnzimmer auszustellen, da erregte ein Foto meines Exmannes in den Nachrichten meine Aufmerksamkeit. Man hatte ihn in Spanien wohl aufgrund eines Missverständnisses in einem Casino festgenommen und nun wurden immer mehr seiner Betrugsfälle bekannt, die er unter verschiedenen Namen begangen hatte. Und ich hatte nichts davon gemerkt.

Wenig später nahm man mit mir Kontakt auf und teilte mir mit, dass Rainer seine Schulden bei mir nicht begleichen konnte, da ihm auf mysteriöse Weise alles Hab und Gut von seinem Konto gestohlen wurde. Genau genommen zwei Millionen dreihundertachtundfünfzig Tausend und ein Cent. Bei dem Betrag fühlte ich mich gar nicht angesprochen. Schließlich hatte ich mein Geld ehrlich gewonnen. In einem Casino, in dem Jenny, sein erstes Betrugsopfer, arbeitete und mich ermutigt hatte, ein Mal im Leben zu spielen. Das erste und letzte Mal. Sie war eine wunderhübsche Frau, die ihr Leben noch vor sich hatte, es sich jedoch vor fünf Jahren nahm, nachdem er sie um all ihr Geld brachte. Sie war es, da gab es keine Zweifel. So ein hübsches Gesicht verwechselt man nicht. Und doch war sie es nicht. Auch konnte ich das Casino, in dem ich noch vor einigen Wochen stand, nicht mehr finden, sehr wohl jedoch erinnerte ich mich an die Straße, in der es sich befand. Ich fand ein leerstehendes Ladenlokal vor. Das Casino gab es seit fünf Jahren nicht mehr, ebenso wie die Besitzerin. Wie ich feststellte, war die Auszahlungsquittung von der Zentrale der Casinokette ausgestellt worden und es gab keine Spur zu diesem Ort. Lächelnd stand ich vor den mit Plakaten verhangenen Fenstern und mir wurde einiges klar.

»Danke, Jenny«, sprach ich, den Blick gen Himmel gerichtet.

Ein kühler Herbstwind wirbelte sachte die bunten Blätter umher und Huxley begann freudig bellend danach zu schnappen. Mit einer Sache hatte Rainer recht – jetzt ist Feierabend für ihn. Gut, dass Karma kein Verfallsdatum hat.

DAS ZWEITE GLÜCK

Die Sonne kitzelte wie eine meiner Federn an meinem Schnabel. Noch bevor ich die Augen öffnete, wusste ich, dass der heutige Tag sehr viel schöner werden würde, als die letzten drei. Es hatte so viel geregnet, dass ich immer wieder im Flug Angst hatte, ich würde abstürzen. Langsam streckte ich mich und hüpfte heraus aus meinem gemütlichen Nest, das aus einem Hohlraum hoch oben im Stamm einer alten Eiche bestand. Auf einem Ast machte ich meine gewohnte Morgengymnastik, bevor ich loszog, um ein glitzerndes Dingsda zu suchen.

Voller Elan stieß ich mich unter der warmen Morgensonne vom Ast ab und flog los, durch den Wald, über eine Wiese mit wunderschönen, bunten Tulpen und alsbald fiel mir am Rande eines Weges eine kleine silberne Kugel ins Auge. Also flog ich hinab und landete, um sie mir besser ansehen zu können. Wie viele andere Dinge, die ich schon zuvor gefunden hatte, stammte auch diese Kugel von Menschen, da war ich mir sicher. Ich hatte früh gelernt, dass sie oft achtlos Dinge einfach wegwarfen. Manche meiner Schätze waren sehr groß, andere klein. Viele davon schadeten uns, doch das kümmerte sie oft nicht. Aber natürlich waren nicht alle Menschen so. Manche sammelten die Dinge sogar wieder auf, damit uns nichts passierte. Auf keinen Fall sollte man die Fundstücke essen, aber einige davon waren so hübsch, dass ich sie mitnahm. So auch dieses, ich würde es Karla bringen.

Ein Stück flog ich weiter durch den Wald, bis ich das vertraute Haus und die vielen großen Metallkäfige entdeckte. Schon von weitem konnte ich die lautstarken Unterhaltungen der Hunde hören. Sie riefen jedoch alle so unkoordiniert durcheinander, dass ich nichts verstand.

Nach einem absichtlichen Sturzflug landete ich mit dem

glänzenden Metallding auf der Fensterbank vor der Küche und blickte hinein. Karla war schon wieder fleißig. Fröhlich singend bereitete sie das Frühstück für die Hunde zu. Es gab hier viele davon, und auch Katzen, Kaninchen, Meerschweinchen, Riesenmäuse, deren genauen Namen ich nicht kannte, große und kleine bunte Vögel und Schildkröten. Und mittendrin war diese tolle Menschenfrau, die sich, seit ich denken konnte, um alle kümmerte und das immer gut gelaunt und zuverlässig.

Karla hatte mich damals gefunden. Nach einem schlimmen Sturm war ich aus dem Nest gefallen. Ich hatte noch keine Federn und war vollkommen hilflos. Sie zog mich groß, zeigte mir, was ich essen konnte und brachte mir mit viel Geduld das Fliegen bei. Mit der Zeit hatte ich gelernt, die Menschensprache zu verstehen, doch verstand Karla mich nicht. Ich konnte nicht danke sagen für das, was sie für mich getan hatte, also bedankte ich mich mit ganz vielen glitzernden Dingen, weil ich merkte, dass sie ihr viel Freude bereiteten.

Ich klopfte mit dem Schnabel gegen die Scheibe und sofort bemerkte sie mich. Sie kam zum Fenster, öffnete es und lächelte.

»Guten Morgen, Betty. Oh, ist das für mich? Dankeschön!«

Ich legte die Kugel in ihre geöffnete Hand, während sie meinte: »Warte kurz, ja? Ich bringe dir dein Frühstück.«

Flink drehte sie sich um, ging zur großen Glasvase neben dem Kühlschrank und legte den silbernen Ball zu vielen anderen glitzernden Sachen, die sie über die Zeit von mir bekommen hatte. Sie bewahrte sie alle auf und das freute mich sehr. Dann ging sie zum Schrank und brachte mir kurz darauf eine Schüssel mit meinem Lieblingsessen.

Mit vollem Magen machte ich meinen täglichen Rundflug über das Gelände, sprach ein paar Worte mit der alten Dogge, die hier schon wohnte, seit ich als Küken ankam und sah mir den Neuzugang, einen kleinen gelben Vogel, der noch etwas schüchtern war, an. Die Katzen beäugte ich nur kritisch durch die Metallstäbe. Das letzte Mal, als ich sie besuchte, hatten sie doch glatt versucht, mich zu fangen.

Plötzlich klingelte es am Tor und meine Neugier war geweckt.

Wer würde uns denn schon so früh besuchen? Rasch flog ich herüber und sah auch Karla, die schnellen Schrittes auf dem Weg zum Eingang war. Da entdeckte ich einen Mann, der einen kleines graues, in eine Decke gewickeltes Felldings auf dem Arm hatte. Offenbar war es ein junger Hund und er weinte und schluchzte so bitterlich, dass auch mir selbst die Tränen kamen. Ich landete auf dem Zaun, damit ich mehr sehen konnte.

»Können Sie mir bitte helfen?«, hörte ich den Mann sagen und verstand seine Worte nur schlecht. »Ich habe ihn an der Autobahnraststätte gefunden, nördlich von hier. Man hat ihn an einem Pfosten angebunden und er war vollkommen durchnässt und zitterte. Keine Ahnung, wie lange er dort schon gesessen hat.«

»Ach herrje, du armer kleiner Kerl«, meinte Karla und ihr Blick sprach Bände. Vorsichtig nahm sie das noch immer zitternde Knäuel aus den Armen des Mannes und sagte: »Es ist furchtbar, wie verantwortungslos und böse die Menschen manchmal sein können. Danke, dass Sie ihn gebracht haben. Würden Sie bitte mitkommen?«

Der Mann nickte und folgte ihr, wie auch ich es tat. Auf dem Weg zum Haus drückte sie das Hündchen fest an sich und sagte ihm, dass sie etwas Tolles zu Futtern hätte, über das es sich bestimmt freuen würde.

Diesmal nahm ich auf der Fensterbank vor dem Büro Platz, damit ich alles sehen konnte. Das Fenster war gekippt und so verstand ich, neben dem Schluchzen des kleinen Tieres, auch jedes Wort der beiden Menschen auf den Stühlen.

»Erleben Sie so etwas öfter?«, fragte der Mann und Karla nickte traurig, während sie den Hund mit einem flauschigen Handtuch trocken rubbelte.

»Ja, leider immer wieder und gerade zu dieser Zeit. Der Kleine scheint noch recht jung zu sein. Oft landen Tiere unüberlegt unter dem Weihnachtsbaum und keiner denkt darüber nach, dass sie nicht nur zum Kuscheln da sind, sondern man sich halt auch um sie kümmern muss. Jedes Tier bedeutet Verantwortung, schließlich sind es keine leblosen Puppen, mit denen man spielen und sie dann wieder ins Regal legen kann. Man muss sie füttern, sie kämmen, erziehen und sie brauchen viel Liebe und jeden Tag Bewegung. Aber daran wird nicht gedacht. Dann kommen, so wie gerade jetzt, die Osterferien und man möchte in den Urlaub fahren. Doch da ist ja der Hund und er stört. Im besten Fall landen diese armen Geschöpfe dann direkt im Tierheim oder werden von einer guten Seele wie Ihnen gefunden und gerettet. Es geht aber noch weitaus schlimmer, fragen Sie bitte nicht.«

Wenn ich mir Karla so anschaute, konnte ich mir kaum vorstellen, dass Menschen zu so etwas in der Lage waren. Vermutlich saß der arme Hund die ganze letzte Nacht oder noch länger im Regen und wartete verzweifelt darauf, dass seine Menschen zurückkamen. Dabei hatten sie ihn einfach achtlos und lieblos weggeworfen. Vielleicht war mein kleiner Elsterkopf einfach nicht in der Lage, so viel zu verstehen.

Der Mann schrieb etwas auf ein Blatt Papier, verabschiedete sich und ging dann wieder. Unter dem Handtuch konnte man derweil das Köpfchen eines kleinen Beagles erkennen. Sein Schluchzen wurde langsam weniger und er sah Karla und mich abwechselnd mit großen, fragenden Augen an. Karla ging kurz aus dem Raum und kam mit einer Schüssel voll mit Futter wieder. Sie ging vor dem kleinen Hund in die Hocke und stellte das Futter vor seine Nase. Er roch kurz daran, tapste dann einen Schritt zurück und senkte den Kopf.

»Ach mein kleiner Wuschel. Du musst etwas essen. Du bist sowieso ziemlich dünn und musst doch bei Kräften bleiben«, meinte sie verzweifelt, doch ihr Gegenüber reagierte nicht.

Leise fiepte er und eine Träne tropfte von seiner Nase auf den Boden. Auch die Wasserschüssel, die Karla ihm daraufhin danebenstellte, beachtete er nicht. Mit besorgtem Gesichtsausdruck strich sie ihm über den Kopf, stand wieder auf und ging zum kleinen, manchmal schrill klingenden Sprechkästchen, das auf dem Schreibtisch stand. Ich glaube, man nannte es auch Telefon. Dann brachte sie den Kleinen zusammen mit Futter, Wasser und einer Kuscheldecke in ein

Einzelzimmer.

Kurz darauf erschien Herr Maier, der Mann mit den Spritzen, der die kranken Geschöpfe immer wieder gesund machte. Er schaute sich den Hund genauestens an, während Karla die beiden beobachtete. Dann sagte er:

»Ein zarter, kleiner Rüde, aber er scheint gesund zu sein. Lassen sie ihm etwas Zeit. Er braucht Ruhe, dann geht es ihm wieder besser.«

Daraufhin gingen beide und ließen ihn alleine. Und da lag er, mit müden, traurigen Augen, halb auf der Decke und halb auf dem kalten Boden, das Futter noch immer nicht beachtend. Ich wollte ihm so gerne helfen, doch wusste ich nicht, was ich tun könnte. Vielleicht würde er ja auf mich hören und das war meine Chance, auch mal etwas Gutes zu tun. Ohne viel nachzudenken, klopfte ich mit meinem Schnabel an die gekippte Scheibe und rief:

»Hey Kleiner, kann ich reinkommen?«

Erschrocken sah er zum Fenster, dann senkte er seinen Blick wieder und legte seinen Kopf seufzend zwischen die Pfoten. Das hieß wohl ja. Umständlich zwängte ich mich durch die Fensterritze, verlor mein Gleichgewicht und plumpste in einer Bruchlandung etwas unbeholfen direkt vor ihn. Er reagierte nicht, dicke Tränen kullerten seine Wangen hinunter auf das Fell der Pfoten, die noch etwas zu groß für ihn waren. Er war wohl wirklich noch ziemlich jung.

»Was ist passiert?«, fragte ich ihn, hüpfte etwas näher und bekam natürlich keine Antwort, sprach also einfach weiter. »Egal was war, jetzt ist es vorbei. Du brauchst keine Angst mehr zu haben. Hier sind alle sehr lieb!«

Wieder kam kein Wort von meinem Gegenüber, also hüpfte ich zum Futter und zeigte darauf. Sein Blick folgte mir zumindest.

»Du solltest etwas essen, das ist total lecker«, meinte ich, roch daran und mir entfuhr automatisch ein: »Bah...oder auch nicht.«

Das würde ich auch nicht essen, aber vermutlich war es lecker für Hunde.

Endlich kamen die ersten Worte aus dem kleinen Beagle heraus.

»Wer bist du?«, fragte er unsicher und ich war schon über diese drei Worte sehr glücklich.

»Betty nennen mich die Menschen hier«, antwortete ich, »und ich lebe hier im Wald.«

Mit schiefem Kopf sah der Kleine mich an.

»Und du?«, fragte ich nun.

Leise schniefend sagte er: »Ich heiße Jack und ich wohne in einem Haus mit einem kleinen Garten. Mit Susi und ihren Eltern. Aber jetzt sind alle weg. Ich verstehe das nicht.«

Sein Wimmern wurde lauter und ich versuchte verzweifelt, ihn zu beruhigen, strich ihm mit dem Flügel behutsam über die Pfote.

»Was ist denn passiert, Jack? Erzähl es mir, fang einfach von vorne an. Ich habe Zeit.«

Jack sah mich zweifelnd an und zog die Nase hoch, dann meinte er:

»Ich hatte eine Mama und vier Geschwister. Wir wohnten auf einem Bauernhof und immer wieder kamen Leute, die uns anschauten und mit uns spielten. Dann irgendwann kam eine Frau, die mich mitnahm. Sie und der Mann bei ihr waren sehr lieb zu mir. Ich kann mich daran erinnern, dass sie mich in einen Karton setzten und ich ganz still sein musste. Es war kurz dunkel, dann wieder hell und mich guckte ein kleines Mädchen an. Das war Susi. Sie war so glücklich und hat mich ganz sanft aus dem Karton gehoben. Da war ich auch glücklich.«

»Also hattest du ein schönes und warmes Zuhause«, fragte ich skeptisch und er nickte erst hastig, fing dann jedoch wieder an zu schluchzen.

»Die Frau und der Mann haben auf einmal immer mehr gestritten. Sie haben manchmal vergessen, mich zu füttern und als Susi ein paar Tage nicht da war, haben sie vergessen, mit mir Gassi zu gehen und mir ist ein Missgeschick passiert. Sie haben ganz schlimm mit mir geschimpft.«

»Aber das ist doch nicht deine Schuld«, krächzte ich aufgeregt.

Dieses arme Geschöpf wurde nach und nach einfach immer mehr ignoriert und bestraft für Dinge, für die es nicht einmal selbst verantwortlich war. Ich konnte es nicht fassen. Fast wäre mir rausgerutscht, dass es dem Kleinen hier besser gehen würde und er froh sein konnte, da heraus gekommen zu sein, doch er schaute mich so unendlich traurig an.

»Ich habe mich immer, wenn sie böse mit mir waren, in Susis Zimmer versteckt. Und wenn sie da war, hat sie mich dann gekuschelt und sie hat auch mit ihren Eltern geredet und auf mich aufgepasst. Ich will zurück zu Susi!«

Sein Weinen war so herzzerreißend, dass mir ein großer Kloß im Hals steckte. Ich ging langsam näher zu Jack und nahm ihn, so gut es eben ging, in die Flügel. Seine Tränen durchnässten meine Federn und es dauerte eine gefühlte Ewigkeit, bis sich der Arme wieder etwas beruhigt hatte. Vor lauter Weinen wurde er anscheinend müde.

»Was ist geschehen, dass dich ein fremder Mensch dort an der Straße gefunden hat?«, wagte ich schließlich kaum zu fragen, tat es aber.

Jack schluckte und wischte sich mit den Pfoten über die nassen Augen.

»Ich habe Susi weinen hören, im Zimmer nebenan. Sie hat nach mir gerufen. Die Eltern haben ganz fürchterlich miteinander gestritten. Dann kam der Mann und nahm mich mit. Wir sind Auto gefahren und ich dachte, wir fahren zum Doktor, aber dann hielt er an der lauten Straße, er machte meine Leine dort fest und fuhr fort. Ich habe lange auf ihn gewartet und es wurde zwei Mal dunkel, aber er kam nicht wieder. Und dann kam der andere Mann und hat mich mitgenommen.«

Ich traute meinen Ohren nicht. Zwei Tage und zwei Nächte hatte Jack dort gesessen, im strömenden Regen. Und nachts war es noch sehr kalt um die Jahreszeit. Er musste wieder zu Kräften kommen.

»Jack, du musst dringend etwas essen und trinken!«, sagte ich erneut. »Und glaube mir, es wird dir hier sehr gut gehen.«

»Aber ich möchte zu Susi«, jammerte er und ich verstand ihn

sehr gut, antwortete jedoch:

»Du kannst nicht mehr zurück dorthin.«

»Warum?«, fragte er nun und erneut füllten sich seine Augen mit Tränen.

Wie sollte ich ihm das erklären? Wie sollte ich ihm beibringen, dass diese schlimmen Menschen ihn erst zu sich nahmen und dann nicht mehr wollten? Und dass das Mädchen noch zu jung war, um ihn zu sich zu nehmen. Dass sie das nicht entscheiden konnte. Ich entschied mich für eine Antwort, die mir Zeit verschaffte, auch wenn ich mein Versprechen vielleicht nicht halten konnte. Es war ein Notfall.

»Pass auf, Jack. Ich werde Susi für dich suchen, okay?«

»Das würdest du tun?«, fragte er voller Hoffnung und ich nickte.

»Na klar. Meine Flügel tragen mich weit und ich habe gute Augen. Du kannst sie mir beschreiben und ich werde sie bestimmt finden. Aber zuerst musst du etwas essen und trinken. Sonst wirst du immer schwächer und kannst sie nicht mehr wiedersehen.«

Ich schob das Futter ächzend mit meinem Schnabel näher an Jack heran. Er fing tatsächlich an zu essen und aß so lange, bis der Napf leer war. Dann wurden seine Augen immer kleiner. Er zitterte noch immer, also sprang ich auf seinen Rücken und zog so lange an der Decke, bis ich ihn damit zudecken konnte. Ich hüpfte an seine Seite und kuschelte mich ein wenig an.

»Schlaf schön und ruh dich aus, kleiner Jack«, flüsterte ich und auch meine Augenlider wurden schwer. Keine Ahnung, ob ich Susi finden würde und wie es weiterging, aber irgendwie tat es das immer.

Ich hörte das Knarren der Tür und war sofort hellwach, sprang auf und putzte mich hektisch. Karla stand im Türrahmen, schaute zuerst auf den Napf, dann auf Jack und herüber zu mir. Ihr Lächeln war so erleichtert.

»Oh Betty, warst du das? Hast du ihn überredet? Wie hast du das bloß gemacht?« Ich krächzte leise und sie nickte. »Danke.«

Tage vergingen und Jack futterte immer brav alles auf. So, wie er mir Susi beschrieb, konnte es jedes kleine blonde Mädchen sein, das mir auf meinen Flügen begegnete. Ich zweifelte, ob ich sie jemals finden würde. Immer, wenn ich abends ohne gute Neuigkeiten zurückkam, brach mir sein enttäuschter Blick fast das Herz. Wir wurden gute Freunde und ich wusste, dass sein Schmerz irgendwann vergehen würde. Das tat er immer, doch hätte er auch direkt vermieden werden können. Gab es Menschen, die dachten, wir Tiere haben keine Gefühle? Oder waren sie ihnen einfach egal? Ich wusste es nicht.

Jack wurde mit der Zeit wieder fröhlicher und verstand sich gut mit den anderen. Er war nicht alleine mit seinem Schicksal, denn überall auf der Welt gab es andere, denen Ähnliches widerfahren war.

Wenn Menschen zu Besuch kamen und Jack konnte Susi nicht entdecken, zog er sich zurück und hoffte, dass sie ihn nicht bemerkten und vielleicht noch mitnahmen. Vor lauter Angst, das Gleiche würde ihm noch einmal passieren. Karla sah schnell, dass er sich nicht wohl fühlte und eines Tages, als ich rein zufällig auf der Fensterbank saß und lauschte, sagte sie im Büro zu ihren Kollegen:

»Ich möchte den kleinen Beagle gerne zu mir nehmen, er ist nicht mehr zu vermitteln.«

Meine Freude darüber war grenzenlos und als ich meinem Freund die Nachricht überbrachte, schien auch er sehr glücklich damit zu sein. Er hatte Karla sehr gerne und sie waren ein tolles Team, das sich ohne Worte und Wuff verstand, das wusste ich. Fortan blieb er tagsüber im Tierheimbüro und abends nahm sie ihn mit nach Hause, wo ein warmer Platz am Ofen auf ihn wartete. Und er war mir auch nicht böse, dass ich Susi einfach nicht finden konnte, so sehr ich mich auch anstrengte. Irgendwann sagte er mir, dass er mir sehr dankbar wäre, aber ich sollte meine Suche einstellen. Er wäre glücklich, so wie es war und auch Susi, wo immer sie gerade war, hätte ihn bestimmt mit der Zeit vergessen.

Jack hat sein zweites Glück gefunden, doch es gibt noch so

viele, die sein Schicksal teilen. Wenn ich doch nur sprechen könnte – ich würde so weit fliegen, wie meine Flügel mich tragen würden und von ihnen berichten. Sie haben Gefühle, wie du und ich und hätten so gerne ein Zuhause voller Liebe und Geborgenheit, eine Familie, zu der sie gehören und die sich um sie kümmert. Und wenn man sich auf sie einlässt, geben sie die Liebe, die man ihnen schenkt, hundertfach zurück. Glaubt mir, denn ich spreche aus Erfahrung.

DIE MAGIE DER ALTEN DINGE

Es war gerade zwei Uhr nachmittags, als ich nach der Arbeit den großen Marktplatz der Stadt betrat. Heute fand hier ein Antiquitätenmarkt statt. Mit Erstaunen beobachtete ich all die Händler, welche ihre Waren präsentierten. Überall standen wunderschöne Dinge und potentielle Kunden feilschten unbarmherzig mit den Anbietern. Lange war ich nicht mehr auf einem solchen Markt, genauer gesagt, seit ich sechzehn war. Davor nannte ich solche Schauplätze fast schon mein zweites Zuhause.

Wie es der Zufall so wollte, stand ich gerade vor einer wunderschönen kleinen Kommode und fing an, mich darin zu verlieben. Ich hatte es befürchtet. Wie ein Raubtier schlich ich um das Kommödchen herum. Diese vielen ausgearbeiteten Details, die silbrigen Schubladengriffe und die gedrechselten Füßchen, auf denen es stand – einfach perfekt! Ich traute mich nicht, es anzufassen, doch konnte ich meine Aufmerksamkeit nun auch nicht mehr auf etwas anderes richten.

Offenbar war meine Passion so auffällig, wie ein Elefant im Porzellanladen. Ein kleiner schlaksiger Mann mit leicht verschlagenem Gesichtsausdruck war soeben aus der Deckung seines Campingstuhls aufgesprungen und fing nun an, mich zu umkreisen, wie ich es mit dem Möbelstück tat. Aus dem Augenwinkel beobachtete ich, wie er sich verdächtig die Hände rieb.

»Gefällt Ihnen das prachtvolle Stück?«, hörte ich ihn sagen und wandte meinen Blick von der Schönheit ab, um ihn anzusehen.

»Ja, sie ist wunderschön.«

Langsam begann er zu nicken, schlenderte zwischen seinen anderen Stücken hindurch und legte lässig eine Hand auf die Kommode.

»Biedermeierzeit, um 1820. Da stecken Wochen Arbeit drin. Und schauen Sie nur, wie schön die Schellackpolitur das Holz zur Geltung bringt«, flötete er.

Biedermeierzeit? Nie im Leben! Diese Kommode war nicht alt. Das sah ich, ohne sie berührt zu haben. Musste ich es wirklich tun? Er hatte es nicht anders gewollt!

Ich trat einen Schritt hervor, ging leicht in die Hocke und legte die Innenflächen beider Hände vorsichtig auf das kühle Holz. Tief einatmend schloss ich meine Augen und da war es. Das Rauschen, als ob man in eine Muschel horcht. Wie aus einem Strudel begannen sich Bilder vor meinen Augen zu materialisieren. Sie waren wirr und ich musste nach einer so langen Zeit wohl erst erneut lernen, sie zu sortieren, doch schnell konnte ich wieder das tun, was ich einst beherrschte.

Ich stand inmitten einer Rumpelkammer voller Möbelstücke, sah den Händler vor mir stehen. Er begutachtete mich und sprach mit jemandem, den ich nicht sehen konnte. Seine Stimme perlte wie Wassertropfen zwischen dem leisen Rauschen. Ich konzentrierte mich, um weiter in der Zeit zurück zu gehen, doch da war nicht viel. Jemand trug eine Flüssigkeit auf meine Füße auf und das war nicht unangenehm. Es gehörte zu meiner Entstehung. Als mir der Geruch von widerlich stinkender Politur in die Nase stieg, wurde mir leicht übel. Ich konnte gerade einen Blick auf die Armbanduhr des Mannes werfen, der das Zeug auf mir verteilte. Sekunden später wurde ich sanft aus meinem Tagtraum befördert und sah direkt in die Augen des unverschämten Händlers.

»Ich mache Ihnen ein Sonderangebot, schönes Mädchen. Für viertausend gehört sie Ihnen«, grinste er süffisant.

Fassungslos starrte ich ihn an und musste auflachen. »Das ist ein Scherz, oder?«

Er antwortete nicht.

»Dieses schöne Stück ist vor fast genau einem Jahr hergestellt worden. Um genau zu sein, am sechsundzwanzigsten Juni. Ich biete Ihnen vierhundert, weil es eine ordentliche Arbeit ist.«

Für einen Moment hatte ich mein Gegenüber so verunsichert, dass er wohl begann, die Tage nachzuzählen. Dann sah er mich vollkommen bestürzt an. »S-sie haben doch keine Ahnung«, begann er zu stottern.

»Aber die Dame hat recht, Albert«, hörte ich plötzlich eine weitere Stimme hinter mir sagen und blickte mich um.

Ein Herr um die fünfunddreißig, etwas größer als ich und mir sofort sympathisch, hatte wohl die gesamte Unterhaltung mitbekommen. Sein halblanges, braunes Haar hatte er zu einem kleinen Zopf gebunden und er trug einen maßgeschneiderten Anzug. Seine ganze Erscheinung war eine Wohltat für das Auge. Kleine Lachfältchen bildeten sich in seinen Augenwinkeln, als er mich anblickte. Ehe ich mich versah, war ich von seiner Erscheinung noch mehr in den Bann gezogen, als vom Liebreiz der Kommode. Auf eine andere Art und Weise natürlich. Ich musste mich zwingen, meinen Blick kurz von ihm abzuwenden.

Flüchtig lächelte er mich an und nickte, um sich dann an mir vorbei dem Händler zu nähern. Sämtliche Farbe wich aus dem Gesicht seines Gegenübers.

»Sagte ich viertausend? Ich meinte zweihundert! Und ich liefere Ihnen das gute Stück nach Hause!«, sprach der Händler schnell.

Das klang doch um einiges besser. Ich zahlte und gab ihm meine Adresse.

»Vielen Dank für Ihre Hilfe«, meinte ich, dem Fremden zugewandt.

»Sehr gerne«, antwortete mein Wohltäter schmunzelnd. »Wissen Sie, im Grunde ist Albert ein netter Kerl. Er braucht nur hin und wieder eine kleine Hilfe, um in der rechten Bahn zu bleiben. Ich muss hier herüber. Möchten Sie ein Stück mitkommen?«

Beim letzten Satz deutete er den von Händlern gesäumten Weg auf dem Marktplatz entlang.

»W-was? Ja, gerne!«, entgegnete ich unsicher. Noch nie war

ich so von einem Menschen fasziniert gewesen. Was war nur los mit mir?

»Achso«, lachte er nach ein paar Metern auf und wandte sich mir zu. »Michael Stern mein Name. Ich bin der Antiquitätenhändler aus der Altstadt«, sagte er und streckte mir die rechte Hand entgegen. Ich ergriff sie.

»Julia Lautner.«

»Freut mich sehr, Frau Lautner. Woher kennen Sie sich so gut aus? Sind Sie vom Fach?«

»Oh nein!«, schüttelte ich heftig den Kopf. »Ich kellnere. Allerdings war mein Vater Restaurator und ich habe mich seit meinem vierten Lebensjahr oft in seiner Werkstatt aufgehalten. Ich war immer so beeindruckt von seiner Arbeit. Er wusste, was jedes einzelne Möbelstück brauchte. Auf eine gewisse Art hat er mit ihnen kommuniziert.«

Ich stockte am Ende des Satzes. Kommuniziert? Er musste mich für verrückt halten! Vorsichtig sah ich ihn an, begegnete jedoch nur seinem neugierigen Blick.

»Und Sie haben diese Gabe geerbt. Das ist interessant«, stellte er fest. »Möchten Sie mich vielleicht in meinen Laden begleiten? Ich bin mir sicher, Sie würden Ihre Freude an all den schönen Stücken haben.«

Der Gedanke an ein Antiquitätengeschäft voller alter Möbel, die ihre Geschichten erzählten, ließ Panik in mir aufsteigen. Mir wurde übel bei der Vorstellung, ich könnte versehentlich eines der Stücke berühren. So gerne ich diesem Mann überall hin gefolgt wäre und das, ohne ihn zu kennen, ich konnte es nicht. Hektisch schaute ich auf meine Uhr.

»Oh, das tut mir sehr leid, aber meine Mittagspause ist gleich vorüber. Ich muss zurück zur Arbeit.«

Die Enttäuschung darüber konnte er nicht verbergen.

»Wie sieht es morgen Mittag aus? Um die gleiche Zeit?«, fragte er hastig und ich nickte unüberlegt.

»Sicher, bis morgen!«, rief ich, lief davon und ließ ihn wie einen begossenen Pudel in der Menschenmenge stehen.

Alles in mir wehrte sich dagegen, sich noch einen weiteren

Meter von der Anziehungskraft dieses Mannes zu entfernen und doch tat ich es. Ich musste es tun.

Ein Tag meines sechzehnten Lebensjahres zerstörte meine bis dato heile Welt und schaffte es fast, auch mich zu zerstören. Seit ich denken konnte, wuchs ich bei meinem Vater auf. Meine Mutter hatte uns verlassen, als ich noch sehr jung war und so zog er mich alleine auf. Er lehrte mich alles, was ich für das Leben in dieser unbarmherzigen Welt brauchte. Dann, ganz plötzlich, wurde er mir genommen. Einfach so. Für mich brach mein Gefüge wie ein Kartenhaus ein. Ich traute mich kaum noch auf die Straße und vor allem rührte ich keine Möbel mehr an. Zu groß war die Angst, ich würde ihn sehen können. Es hätte mir immer und immer wieder das Herz gebrochen.

Den Tränen nahe schloss ich die Tür meiner Wohnung auf. Sie war spartanisch eingerichtet, obwohl ich bereits vor sechs Jahren mit achtzehn hier eingezogen war. Ich lebte weitestgehend zurückgezogen, hatte keine Freunde. Nur ein paar Kollegen, die es mittlerweile aufgegeben hatten, mich zu fragen, ob ich nach Feierabend mit ihnen etwas trinken gehe. Alle meine Möbelstücke waren neu, als ich sie kaufte. Ich wollte keine bösen Überraschungen erleben. Völlig fertig verzog ich mich in mein Bett und kringelte mich ein. Michael Stern wollte mir nicht mehr aus dem Kopf. Morgen würde ich frei haben. Sollte ich es wagen? War das meine Chance, wieder etwas Normalität in mein Leben zu bekommen? Ich dachte an die alten Zeiten. Das Stöbern im Gedächtnis alter Möbelstücke war für mich immer wie ein Abenteuer. Und in der Werkstatt meines Vaters gab es so viele Möglichkeiten einer Reise in die Vergangenheit. Ich sah durch Truhen kleine Mädchen mit ihren Puppen spielen. Vor prunkvollen Schminktischen bürsteten junge Frauen ihr prächtiges Haar und trugen dabei Kleider, die man heute nur noch im Museum oder bestenfalls im Klamottenfundus eines Theaters findet. Ein riesiges Fressgelage wurde auf mir ausgetragen, als ich einmal durch einen Esszimmertisch sah.

Morgen würde ich das Antiquitätengeschäft betreten und

ich würde Michael Stern erklären, warum ich heute die Flucht ergriffen hatte. Das war ich ihm schuldig.

Am nächsten Morgen um elf Uhr war ich bereits auf dem Weg zum Laden. Als ich endlich vor der Flügeltür des Geschäftes stand, schlug jedoch die Enttäuschung zu. Sie war abgeschlossen. Ungläubig machte ich einige Schritte nach hinten, um mir die Schaufenster anzusehen. Weiter hinten im Laden bewegte sich irgendetwas. Hastig trat ich wieder näher heran und schirmte meine Augen seitlich mit den Händen ab, um nicht geblendet zu werden. Hektischen Schrittes lief eine Frau durch die hinteren Räumlichkeiten. Entschlossen klopfte ich an die Scheibe und sah sofort, wie sie reagierte und irritiert zu mir herüberschaute.

»Wir haben geschlossen!«, rief sie und setzte ihren Weg durch den Laden fort.

Abermals klopfte ich und wieder erschien sie hinter einem massiven Bauernschrank, kam diesmal bis zur Tür und schloss sie auf, öffnete sie einen Spalt breit. Sie war hübsch, zierlich und trug einen roten Anzug.

»Was wollen Sie?«, fragte sie und musterte mich mit verschmiertem Augen-Makeup.

»Ich bin mit Michael Stern verabredet. Na ja, zugegeben bin ich etwas früh dran«, lächelte ich und sah, wie die Ablehnung aus ihrem Gesicht wich. Stattdessen öffnete sie die Tür etwas weiter.

»Sie sind die Dame, von der mein Bruder gestern ständig sprach«, stellte sie fest. Tränen traten in ihre Augen. »Es tut mir leid«, sprach sie in mattem Ton. »Michael hatte einen Unfall am Überweg dort drüben. Er liegt im Krankenhaus. Auf der Intensivstation.«

Wie bitte? Das kann nicht sein! Ich spürte, wie meine Beine anfingen zu zittern.

»Was ist passiert?«, fragte ich bestürzt und sah, wie die Dame mich zaghaft hereinwinkte.

Ich folgte ihr, beobachtete, wie sie die Ladentür hinter mir wieder abschloss und ließ mich in ein Büro zu einem Stuhl lotsen. Erst, als sie mir gegenüber hinter dem Schreibtisch Platz nahm, sprach sie weiter.

»Es ist gestern Abend geschehen. Er wollte uns etwas zu essen besorgen, weil wir durcharbeiten und die Inventur machen wollten. Ein Autofahrer hat die rote Ampel übersehen und-«, brach sie mitten im Satz ab und begann, bitterlich zu weinen.

Auch mir liefen Tränen über die Wangen. Ich konnte es nicht fassen.

»Er liegt im Koma. Die Ärzte wissen nicht, ob er durchkommt«, schluchzte sie hilflos und vergrub ihr Gesicht in den Händen.

Ich stand auf, ging zu ihr herüber und nahm sie einfach in den Arm. Sie ließ es zu, obwohl ich ihr völlig fremd war.

»Ich weiß nicht, was ich tun soll«, meinte sie mit zitternder Stimme und sah gen Himmel, deutete auf die prächtigen Holzarbeiten. »Die Krankenschwestern haben mich heimgeschickt und ich wollte mich etwas ablenken, doch hier werde ich noch verrückt. Außerdem weiß ich nicht, wie ich das alles hier alleine schaffen soll.«

»Ich helfe Ihnen«, entgegnete ich entschlossen, wischte mir die Wangen am Ärmel trocken und bemerkte ihren ungläubigen Blick.

»Sind Sie auch in der Branche tätig?«

»Nein«, versuchte ich zu lächeln, »aber ich werde alles tun, was Sie mir auftragen.«

Auch, wenn ich es niemals erwartet hätte, sie nahm meine Hilfe an. Akribisch führten wir die Inventur zu Ende und erledigten den Papierkram. Um zehn Uhr abends waren wir schließlich für heute mit allem fertig. Kelly, so hieß Sterns Schwester, bot mir an, dass ich im Laden hin und wieder aushelfen könnte und ich nahm ihr Angebot gerne an.

»Dein Bruder wird wieder gesund, Kelly. Das spüre ich«, versuchte ich sie mit ehrlich gemeinten Worten aufzumuntern.

»Da müsste schon ein Wunder geschehen«, entgegnete sie kraftlos.

Im gleichen Moment erblickte ich neben ihr einen wuchtigen Schreibtisch aus der Gründerzeit in der hintersten Ecke des Ladens. Und er war mir vertraut.

»Was ist das für ein Tisch?«, fragte ich Kelly. Sie folgte meinem Blick.

»Das ist der Schreibtisch meines Bruders.«

In meinem Kopf ratterte es unaufhörlich. Vom eigenen Instinkt gesteuert lief ich los, stürmte zum Tisch und schlug mit beiden Handflächen auf die Arbeitsfläche. Kellys Stimme war plötzlich ganz weit entfernt. Wie ein Stromstoß schossen die Eindrücke durch meinen Kopf und plötzlich war mir klar, woher ich dieses Stück kannte. Ich sah meinen Vater vor mir, wie er das Schleifpapier sortierte und trotz meiner Ängste fühlte ich Glück und Freude, ihn zu sehen. Er schaute zu mir hoch, lächelte mich an, doch sofort verwirbelte das Bild wieder, zeigte dann Michael Stern. Gerade rief er seiner Schwester zu, dass er rasch etwas von der Pizzeria schräg gegenüber besorgen würde. In dem Moment wurde mir klar, was ich da sah. Es waren die Minuten vor dem Unfall.

»Nein! Warten Sie!«, rief ich verzweifelt, als er schon die Tür erreicht hatte, doch meine Stimme ging im Rauschen unter.

Panisch streckte ich einen Arm nach ihm aus und erschrak. Ich konnte mich aus dem Tisch hinausbewegen? Das konnte ich zuvor noch nie. Unbeholfen krabbelte ich aus den Formen des Holzes. Mein leicht durchscheinendes Äußeres ignorierend, setzte ich zum Sprint an, lief von Kelly unbeachtet zur Tür und öffnete sie.

Stern war bereits ein Stück weit die Straße hinunter an der Ampel angekommen. Etwas in sein Handy eintippend, sah er wohl, wie die Ampel für ihn grün wurde, bemerkte jedoch nicht den herannahenden Pickup von links.

»Stopp!«, schrie ich, so laut ich konnte.

Zu meiner grenzenlosen Erleichterung blieb Stern abrupt stehen, ohne einen Fuß auf die Fahrbahn gesetzt zu haben, wandte sich um und sah mich an. Im gleichen Moment raste der Pickup an ihm vorbei, so dass der Windstoß sein Haar und das

Jackett beutelte.

»Julia?«, hauchte er ungläubig, als ich ihn endlich erreichte und in die Arme riss. »Was ist los? Was ist geschehen?«, fragte er, mich an sich drückend.

Dann plötzlich zog er scharf die Luft ein und fing an, sich einfach in Nichts aufzulösen. Im gleichen Moment kehrte ich wieder in den Tisch zurück, wurde von einer Druckwelle hinausgeschleudert und landete unsanft auf dem Teppichboden. Desorientiert sah ich mich um. Ein Telefon klingelte und Kelly ging ran. Erst horchte sie den Worten des Anrufers, dann auf einmal lachte sie erleichtert auf.

»Er ist wach! Julia, er ist aufgewacht!«

»Ich weiß«, antwortete ich überglücklich, noch leicht benommen.

Nur eine Woche später wurde Michael aus dem Krankenhaus entlassen. Seine schnelle Genesung glich einem Wunder, meinten die Ärzte.

Was mein Leben anging, so habe ich einiges geändert. Ich arbeitete nun für das angesehenste Antiquitäten- und Kunsthaus der Stadt, ging mehr unter Leute und lebte wieder annähernd so, wie es andere Menschen taten. Nie wieder würde ich mich vor der Vergangenheit fürchten, denn sie hatte mir eine wunderbare Zukunft geschenkt. Und im Wagen vor dem Laden wartete mein Date im maßgeschneiderten Anzug, das vielleicht niemals existieren würde, hätte ich nicht diesen einen Schritt gewagt.

DER GARTEN DES HERRN MOREAU

Widerwillig beäugte ich meinen Wecker, der nun schon über eine Minute klingeln musste. Die Bettdecke nach unten strampelnd, streckte ich mich ausgiebig und schlug auf das bimmelnde Teil, welches augenblicklich verstummte. Es war Zeit, aufzustehen. Ab heute würde sich einiges ändern, das spürte ich.

Vor anderthalb Jahren – ich hatte gerade mein Abitur bestanden – zogen meine Eltern mit mir aus dem Grau der Großstadt heraus. Sie hatten ein Häuschen auf dem Land, in einem kleinen Dorf, gekauft. Mein Vater eröffnete eine Fahrschule, die sich bereits nach einem Jahr so gut etablierte, dass wir davon leben konnten. Mama hatte eine Halbtagsstelle bei einem mobilen Pflegedienst gefunden. Ich blieb erst einmal zu Hause und suchte mir zwei Aushilfsjobs in der Umgebung. So konnte ich Geld für mein nahendes Kunststudium ansammeln, denn ich wollte niemandem auf der Tasche liegen.

Nach einigen Monaten stellte sich heraus, dass unser neu erworbenes Haus alles andere als ein Schnäppchen war. Durch den neuen Anstrich, den der Vorbesitzer für uns übernommen hatte, kamen Schimmelflecken hervor. Ein Gutachter, den mein Vater vorsichtshalber zurate zog, prüfte daraufhin das gesamte Haus. Zwei Räume waren durch den Schimmel nicht mehr bewohnbar und mussten dringend renoviert werden. Bei der Gelegenheit bemerkte er auch gleich, dass das Betreten des Balkons lebensgefährlich war und es einen Riss in der Fassade gab, den bis dato niemand bemerkt hatte. Nach einem guten weiteren Dutzend aufgezählter Mängel war klar, dass unser Heim von Grund auf saniert werden musste.

Gekauft, wie gesehen. In diesem Fall war es der eine Satz im Kaufvertrag, der alles ruinierte. Außerdem war der Vorbesitzer von einem Tag auf den anderen spurlos verschwunden.

Viel Geld für professionelle Reparaturen war nicht mehr da. So begannen wir in Eigenregie mit der Sanierung. Stück für Stück und meist nachts, wenn keiner von uns arbeiten musste.

Dann, vor etwa acht Monaten, starb mein Vater. Er war nicht wirklich krank und hatte auch keinen Unfall. In der Tankstelle der nächstgelegenen Stadt brach er einfach zusammen und hörte auf zu atmen. Der Notarzt konnte nur noch den Tod des gerade mal fünfundvierzig Jahre alten, sportlichen Mannes, der unermüdlich für seine Träume gearbeitet hatte, feststellen. Ein angeborener Herzfehler, den kein Arzt je entdeckt hatte, wurde ihm zum Verhängnis. Er hätte sich nie so überanstrengen dürfen.

Für Mama und mich brach die Welt zusammen. Sie zog sich von allem zurück und wurde zu einem Schatten ihrer selbst. Ich wusste gar nicht mehr, wie lang ich geweint hatte. Irgendwann kam einfach keine Träne mehr, ich fühlte mich wie leer. Am meisten schmerzte es mich, dass ich ihn, seit wir hierher zogen, nicht eine Stunde am Stück gesehen hatte. Entweder war er beschäftigt oder ich war es. Oft liefen wir aneinander vorbei, hatten ewig nichts mehr zusammen unternommen. Was war das für ein Leben, in dem man für seine wichtigsten Menschen nicht da sein konnte?

Ich entschied mich, einen der beiden Jobs zu kündigen und stattdessen ein Fernstudium zu beginnen, denn ich wollte nicht noch einmal den gleichen Fehler bei meiner Mutter machen. Einen Teil meines ersparten Geldes setzte ich für das Studium ein. Mamas Gehalt reichte bei Weitem nicht aus, das große Haus zu unterhalten und ohne Hilfe kamen wir kaum mit den Arbeiten voran. Nach langen Diskussionen ließ sie es endlich zu, dass ich ihr finanziell ein wenig aushalf, doch ungeübt und unwissend, wie ich war, unterschätzte ich diesen ganzen Kostenapparat kolossal.

Zu guter Letzt wurde dann vor einer Woche noch mein

Job aus Kostengründen wegrationalisiert. Mein Erspartes war aufgebraucht und wenn es so weiterging, würden wir bald das Haus verlieren. Papas Traum. Nein, das würde ich nicht zulassen! Mutter arbeitete so hart, wie sie nur konnte. Mittlerweile litt ihr Rücken unter der schweren Arbeit und der Stress ließ sie im Zeitraffer altern. Es musste etwas passieren. Doch wo sollte ich ohne Ausbildung, mit nur angefangenem Studium, eine Arbeit finden, die so gut bezahlt war? Ich musste es aber versuchen!

Mit einem Fünkchen Hoffnung im Herzen schlüpfte ich in Jeans und Shirt und band meine blonden Zottelhaare zu einem ordentlichen Zopf. Den Tagesablauf gedanklich planend, stieg ich die Treppen hinunter in die Räume meiner Mutter.

Vor einer halben Stunde musste sie losgefahren sein. Ich hatte unseren alten Wagen in der Einfahrt klappern gehört, bevor er sich in Bewegung setzte. Es war so unglaublich still in der großen Küche, dass ich erschrak, als mir plötzlich etwas an den Knöcheln entlangfuhr.

»Achilles«, lächelte ich erleichtert den pechschwarzen, vorwurfsvoll blickenden Kater vor mir an. Ein protestierendes Miauen war zu hören.

»Hast du Hunger?«, fragte ich und sah beim Öffnen des Futterschranks sofort, dass ich richtig lag. Auch seine Schwester Xena eilte geschwind durch die Katzenklappe, als sie das Geräusch der Futterdose auf dem Küchentisch vernahm. Sie war ebenfalls schwarz, doch etwas zierlicher, als ihr Bruder.

Beide wurden als sehr junge Tiere zusammen mit sechzehn weiteren Katzen aus einem völlig verwahrlosten Haushalt gerettet und ins Bezirkstierheim gebracht, das ständig aus den Nähten platzte. Es war Liebe auf den ersten Blick, als wir den beiden damals beim Tierheimfest begegneten. Zufrieden saßen sie nun nebeneinander und leerten zusammen einen Berg Nassfutter.

»So, ihr zwei. Ich höre mich dann mal nach einem Job um«, meinte ich zu ihnen, wurde jedoch keines Blickes gewürdigt. Die Nahrung war eindeutig interessanter.

Voller Tatendrang fuhr ich mit dem Fahrrad in den nächstgrößeren Ort und begann, in den Geschäften nach Jobs zu fragen. Die spärlichen Angebote in der Wochenzeitung der Verbandsgemeinde hatte ich bereits erfolglos durchgearbeitet und auch im Internet wurde ich letztendlich nicht fündig. Unermüdlich ging ich die kleine Einkaufsmeile durch, traf jedoch nur auf Ablehnung. Was erwartete ich auch? Es scheiterte an so vielem. An der fehlenden Ausbildung, der Infrastruktur und der Tatsache, dass ich mit meinem Fahrrad nicht wirklich mobil war. Doch konnte ich mir kein Auto leisten – es war ein wahrer Teufelskreis. Um fünf Uhr nachmittags gab ich auf. Niedergeschlagen und traurig fuhr ich zurück.

Vor den Toren des Friedhofs, der auf meinem Weg lag, hielt ich an, um durchzuatmen. Es war eine recht große Ruhestätte, zusammengefasst für die umliegenden, kleinen Orte. Auch Vater war hier. Ich stieg ab, lehnte das Rad an die Mauer und betrat die letzte Zuflucht der Verstorbenen.

Vaters bescheidenes Grab war gepflegt, wie kaum ein anderes. Mama kam jeden zweiten Tag hierher und zupfte die alten Blüten aus dem prächtig blühenden Jasminstrauch. Diese Blumen hatte er immer geliebt. Auch ich besuchte ihn oft und redete mit ihm. Ich glaubte fest daran, dass er mich hören konnte.

Damals hatten wir alles aufgegeben. Meine Eltern kündigten bei ihren alten Arbeitgebern und wir brachen alle Zelte ab. Kontakte zu Freunden rissen auf einmal so leicht, wie ein morscher Bindfaden. Der Preis für Eigentum mit Garten war hoch. Sicherheit gegen Freiheit. Und doch, ich konnte jeden einzelnen Schritt meiner Eltern nachvollziehen und ich wollte nur ungern zurück. So vieles in diesem Haus erinnerte mich an ihn.

»Ach Papa, was soll ich nur tun?«, flüsterte ich, mit der Hand über den glatten Marmor des Grabsteins streichend. Ein kühler Windstoß fuhr durch mein Haar und löste eine der Jasminblüten, die sich trillernd auf meinem Handrücken niederlegte.

Müde lächelnd sah ich gen Himmel.

»Lange schaffen wir das nicht mehr. Am Ende werden wir wohl doch wieder in die Stadt, in eine kleine Wohnung ziehen müssen. Das hier ist nicht mehr, als eine Sackgasse ohne Wendemöglichkeit.« Mir war zum Heulen zumute. »Ich bin so unglücklich, Papa.«

Allmählich wurde der Wind heftiger und schnell vorbeiziehende, graue Wolken verdunkelten die Sonne. Fast konnte man meinen, es wäre schon spät am Abend.

Wie aus dem Nichts fielen erste Regentropfen auf den Marmor, und aus der Ferne war das Grollen eines Donners zu hören. Ich wusste, wie schnell so ein Gewitter heranziehen konnte. Mich rasch verabschiedend, lief ich zurück zum Tor. Als ich mein Fahrrad erreichte, war ich bereits vollkommen durchnässt. Kräftig in die Pedale tretend und triefend, als käme ich gerade mit Kleidung aus der Badewanne, fuhr ich, so schnell ich konnte, nach Hause.

Plötzlich schlug einige Meter vor mir ein blendend heller Blitz mit voller Wucht in einen Baum. Noch nie hatte ich ein solch durchdringendes, furchteinflößendes Krachen gehört. Sofort fing der Baum Feuer.

Erschrocken bremste ich ab, strauchelte und kam an der Leitplanke zum Stehen. Mein rechtes Bein schmerzte und mein Herz pochte so schnell, dass ich fürchtete, es würde gleich platzen. Fassungslos sah ich, wie der Baum sich in Zeitlupe neigte und schließlich mit einem lauten Poltern vor mir auf die Fahrbahn fiel.

Das reichte! Ich wollte nicht das Nächste sein, was von einem Blitz gespalten wurde und in Flammen aufging und ein Wald war der letzte Ort, an dem ich mich bei einem solchen Unwetter aufhalten wollte. Ich musste hier weg, und zwar schnell, doch die Straße war nicht mehr passierbar. Dabei war ich noch nicht einmal mehr weit weg von zu Hause. Wenn ich mich recht erinnerte, gab es hier irgendwo einen Privatweg, doch ich wusste nicht, wo er hinführte. Eigentlich war es mir auch egal, wenn ich nur irgendwo einen sicheren Unterschlupf finden konnte.

Ich blickte mich panisch um und entdeckte durch den dichten Regen auf der anderen Seite der Straße ein Stück unterbrochene Leitplanke. Der sintflutartige Regenfall war zu viel für den Asphalt, Kanäle liefen über und irgendwo ertönten die Sirenen der Feuerwehrwagen.

Hastig stieg ich vom Rad und schob es quer über die Straße. Gerade als ein weiterer ohrenbetäubender Donner über mir zu hören war, bog ich in den matschigen Waldweg ein. Fahren konnte ich nicht mehr. Die Räder und auch meine Schuhe versanken gut zehn Zentimeter im Matsch. Immer wieder wurde der Himmel von weißen Blitzen erhellt, gefolgt von Donnern, die den Boden unter mir beben ließen. Schnell wusste ich, dass dieser Weg keine Möglichkeit bot, an einer anderen Stelle wieder auf die Straße zurückzukehren, doch irgendwann bemerkte ich endlich in der Ferne ein Licht. Erst, als ich schon ein ganzes Stück weitergewatet war, sah ich, dass dieses Licht aus einem riesigen Haus kam. Zu diesem Haus gehörte ein noch größeres Grundstück, das durch eine hohe, graue Mauer abgegrenzt wurde. Ich hielt genau auf das eiserne Eingangstor zu und im Moment war es mir gleich, wer hier wohnte, solange er eine Garage hatte, in der ich mich unterstellen konnte.

Zwar hatte ich Mama eine SMS geschrieben, dass es spät werden könnte, doch machte sie sich sicher Sorgen wegen dem Unwetter. Mein Handy war vermutlich genauso durchnässt, wie der Rest von mir. Ich musste es nicht erst aus der Tasche ziehen, um zu wissen, dass es hinüber war.

Am Tor angekommen, lehnte ich mein Fahrrad an und versuchte, es zu öffnen. Ich drückte, zog, rüttelte – nichts geschah. Da sah ich die seitlich angebrachte Klingel mit Sprechanlage. Zögerlich drückte ich sie und wartete ab. Als keine Antwort kam und abermals ein Donner grollte, hämmerte ich gegen die Klingel.

»Komm schon, bitte!«, jammerte ich und hoffte, dass der nächste Blitz nicht in das Metalltor fahren würde.

»Ja bitte?«, hörte ich endlich einen Mann durch die Anlage

sprechen und atmete erleichtert auf.

»Hallo? Entschuldigung, dass ich Sie um diese Uhrzeit störe, aber könnte ich mich vielleicht bei Ihnen unterstellen, bis der Regen nachlässt? Und ganz kurz telefonieren?«, versuchte ich, die prasselnden Regentropfen zu übertönen. Zuerst kam keine Antwort, dann jedoch sprach der Mann: »Moment, ich komme zum Tor.«

»Warten Sie …!«

Gerade wollte ich ihn davon abhalten, das Haus zu verlassen und selbst in den Morast zu treten, doch schon sah ich verschwommen, wie sich die Eingangstür des Hauses öffnete und jemand heraustrat. Wahrscheinlich konnte man dieses Tor nur per Hand öffnen. Mir die Augen mit der Hand vor den Tropfen abschirmend, sah ich eine große, schlanke Person die Einfahrt entlang auf mich zu kommen. Sie hatte einen Schirm aufgespannt und näherte sich rasch. Erst, als sie schon fast am Tor angekommen war, konnte ich sie richtig erkennen. Es war ein Mann, vermutlich der, mit dem ich eben gesprochen hatte. Er trug einen dunklen Anzug und schwarze Schuhe, die durch den Matsch pflügten, wie zwei Eisbrecher. Sein schon graues, längeres Haar hatte er zu einem strengen Zopf zurückgebunden. Am Tor angekommen, zog er aus seiner Hosentasche einen Schlüsselbund und blickte mich flüchtig an.

»Einen Moment, das haben wir gleich«, murmelte er, steckte den silbernen Schlüssel ins Schloss und drehte ihn. Mit einem Klacken sprang es auf und das Tor öffnete sich einen Spalt breit. Schnell schlüpfte ich hinein, schon bemerkte ich den Schirm über meinem Kopf. Mittlerweile fühlte es sich komisch an, nicht halb im Regen zu ersaufen. Neben mir verschloss der Mann das Tor wieder.

»Wissen Sie, es ist ein wenig verbeult. Deshalb hält das Schloss nicht mehr so richtig. Kommen Sie erst einmal ins Trockene.«

Flink drehte er sich um und lief in Richtung des Hauses los. Ich hatte richtig Mühe, mitzuhalten und nachdem wir endlich die überdachte Veranda der Villa erreichten, war ich vollkommen außer Atem.

»Vielen Dank«, keuchte ich, als der Mann den Schirm vor der Treppe ausschüttelte.

»Keine Ursache«, antwortete er und schenkte mir ein freundliches Lächeln. »Nun kommen Sie erst mal herein.«

Skeptisch sah ich an mir herunter. »Ich glaube, es ist besser, wenn ich mich einfach hier unterstelle, bis es aufhört zu regnen. Ich mache Ihnen sonst alles dreckig.«

»Ach, das bisschen Schlamm«, winkte er ab. »Sie hätten den Flur mal sehen müssen, als Shawn und Rosa damals immer aus dem Wald gekommen sind«, grinste er und meinte dann ergänzend: »Die Hunde.«

»Ach so«, lachte ich. »Na ja, wenn Sie meinen.«

Während ich, wie auf rohen Eiern laufend, versuchte, beim Eintreten keinen Dreck zu verursachen, schloss der Mann hinter uns die Tür und streckte mir seine Hand entgegen.

»Ich bin übrigens Thomas.«

»Nadja, freut mich!«, antwortete ich und ergriff sie.

»Bitte warten Sie kurz hier. Ich bringe Ihnen ein Handtuch«, sagte er und verschwand flink wie ein Wiesel in einem der angrenzenden Räume.

Du liebe Zeit! Erst jetzt nahm ich meine Umgebung richtig wahr. So eine Eingangshalle hatte ich das letzte Mal bei der Besichtigung eines Schlosses gesehen. Dieser Raum war so groß, wie ein ganzes Stockwerk meines Heims. Der Boden bestand komplett aus hochpolierten Marmorplättchen. Manche davon waren heller oder dunkler und so verteilt, dass sich das Bild eines Bären inmitten der Halle ergab. Sämtliche Wände waren in einem eleganten Cremeton gestrichen und die hohe Decke war voller Stuckverzierungen. Viele momentan verschlossene Türen führten vermutlich in noch riesigere Zimmer und am Ende des Raumes schlängelte sich eine ausladende Treppe mit goldenem Geländer in den ersten Stock, dessen Größe ich nur erahnen konnte. Mir war unwohl, weil ich mich in einer Situation befand, deren weiteren Verlauf ich nicht einschätzen konnte. Ich war in dem Haus eines fremden Mannes und kannte mich hier absolut nicht aus. Würde draußen nicht das schlimmste Unwetter wüten, das ich je miterlebt hatte, hätten mich keine zehn Pferde hier hinein gebracht. Das alles war eine Nummer zu groß für mich.

»Hier, bitte!«, hörte ich Thomas hinter mir sagen und wandte mich um.

Er reichte mir ein großes Handtuch, mit dem ich mich halbwegs abtrocknen und die Pfütze, welche sich unter mir gebildet hatte, wegwischen konnte. Schnell zog ich meine schlammigen Schuhe aus und stellte sie auf das Tuch.

»Danke. Schön haben Sie es hier«, bemerkte ich und sah, wie der Angesprochene den Kopf schüttelte.

»Aber nein. Dieses Haus gehört mir nicht. Ich bin nur der Hausangestellte. Master Moreau ist gerade ...« Er stoppte, als wollte er seine Worte bewusst wählen und meinte dann: »... außer Haus. Ich war mir auch nicht darüber im Klaren, dass jemand so schnell auf die Anzeige aufmerksam würde.«

»Anzeige?«, fragte ich verwirrt. »Welche Anzeige?«

»Ach, Sie sind gar nicht wegen der Anzeige da?«, stutzte er. »Wissen Sie, ich bin nicht mehr der Jüngste und kann mich nicht mehr alleine um den Garten kümmern. Also sucht der Hausherr jemanden, der mir zur Hand gehen könnte. Kennen Sie vielleicht jemanden?«

Ich musste lachen. Auf seinen fragenden Blick hin meinte ich:

»Seit heute Morgen war ich in der Stadt unterwegs, um einen Job zu finden. Auf dem Rückweg fing es zu schütten an und die Straße, die nach Hause führt, ist momentan unpassierbar. Deshalb suchte ich einen Umweg.«

»Schicksal, würde ich sagen!«, lachte Thomas nun ebenfalls auf.

Plötzlich hallte ein schreckliches Gebrüll durch die Eingangshalle. Erschrocken zuckte ich zusammen.

»Was war das?«

Thomas, der überhaupt keine Furcht zeigte, überlegte.

»Der Herr wird den Fernseher nicht ausgeschaltet haben, als er fortging«, meinte er dann voller Überzeugung.

Es war nur komisch, dass ich zuvor nichts dergleichen gehört hatte.

»Wahrscheinlich hört man das erst jetzt, wo der Regen draußen nachlässt«, ergänzte er, als hätte er meine Gedanken lesen können.

Und in der Tat – durch das gläserne Dachfenster inmitten der Halle konnte man wirklich sehen, dass das Unwetter wohl ganz langsam weiterzog. Neben mir deutete Thomas zu einer der Türen.

»Wissen Sie was? Ruhen Sie sich doch einfach etwas im Aufenthaltsraum aus. Dort gibt es auch ein Telefon – Sie wollten doch jemanden anrufen? Ich mache Ihnen derweil einen heißen Tee und stelle den Fernseher ab. Dann sehen wir weiter.«

Der Aufenthaltsraum, wie er ihn nannte, hatte die Größe eines Wohnzimmers. Mehrere farblich und stilistisch abgestimmte Sofas standen um einen wuchtigen Tisch herum. Als ich den handgeknüpften Teppich bemerkte, war ich froh, auf Socken zu laufen. Zwischen einem der Fenster und einem Barglobus entdeckte ich ein kleines Tischchen, auf dem ein Telefon stand. Trotz des Unwetters blieben die Telefonleitungen stabil und ich konnte meine Mutter anrufen. Kaum hatte ich den Hörer wieder auf die Gabel gelegt, klopfte auch schon Thomas an die Tür und kam kurz darauf, ein Tablett auf der linken Hand balancierend, herein.

»Ich hoffe, Pfefferminze ist in Ordnung?«

»Sicher, ich danke Ihnen«, antwortete ich leicht fröstelnd.

Obwohl hier offenbar geheizt wurde, machten mir die klammen Klamotten doch sehr zu schaffen. Sofort entfaltete Thomas eine Decke, die er aus einem hohen Bauernschrank genommen hatte, und legte sie mir über die Schulter. Noch nie war ich jemandem begegnet, der so aufmerksam war. Müde wickelte ich mich in die Decke, setzte mich auf eins der Sofas und nahm einen Schluck heißen Tee.

»Möchten Sie sich einmal an der Gartenarbeit versuchen?«, fragte er, sich mir gegenüber ebenfalls auf einer Couch niederlassend. »Mein Herr wird Sie gut entlohnen.«

»Ich bin aber keine gelernte Gärtnerin«, entgegnete ich und er blickte mich aufmunternd an.

»Das macht nichts. Ehrlich gesagt kann man an diesem Garten nichts mehr zerstören. Ich versuche seit Jahren, ihn auf Vordermann zu bringen, doch es gelingt mir nicht. Ich kann mich dafür einfach nicht begeistern.«

»Na ja, es kommt darauf an, was man mit der zur Verfügung stehenden Fläche macht«, meinte ich. »Wir haben zu Hause auch einen recht großen Garten voller blühender Jasminbüsche. Mein Vater liebte sie. Er ist leider ...«

Ich verstummte und blickte zu Boden. Immer wieder gab es mir einen Stich ins Herz.

»Das tut mir leid«, hörte ich Thomas sagen und schaute zu ihm hoch.

»Schon gut«, versuchte ich zu lächeln.

Kurz trat Stille ein, bis er sich leise räusperte.

»Ich glaube, dass es gerade das ist, was diesem Garten fehlt. Liebe. Bitte, versuchen Sie es. Ich würde gerne einen Termin für Sie bei Herrn Moreau machen.«

Was hatte ich zu verlieren? Eigentlich konnte es nur noch besser werden. Und Thomas schien gerade so verzweifelt, wie ich es vorhin auf der Landstraße war.

»Wenn Sie meinen, dass ich Ihnen helfen kann, versuche ich es gerne«, nickte ich und sah, wie sein Gesicht sich aufhellte. Ich gab ihm meine Telefonnummer, damit er mich wegen einem Termin mit Herrn Moreau kontaktieren konnte.

»Hören Sie das?«, fragte er, als er gerade den Stift wegsteckte.

Ich horchte. »Nein, ich höre nichts.«

»Eben!«, schmunzelte er. »Das Unwetter ist fortgezogen!«

Erleichtert darüber, dem Schlimmsten entgangen zu sein, trank ich den Rest des Tees, schlüpfte in meine Schuhe und verabschiedete mich. Als ich den umgefallenen Baum passierte, war die freiwillige Feuerwehr der umliegenden Orte bereits dabei, ihn wegzuräumen. Das Feuer war von dem Regen wohl schnell gelöscht worden.

Tage vergingen und ich hörte nichts von Thomas. Noch eigenartiger war, dass meine Recherche nach der Villa vollkommen ins Leere ging. Wollte man dem Internet glauben, war sie ein seit Jahren leerstehendes Haus. Irgendwann beschlich mich der Gedanke, das alles nur geträumt zu haben. Doch sprachen mein verschlammtes Fahrrad, die dreckigen Klamotten und die Tatsache, mit meiner Mutter telefoniert zu haben, eindeutig dagegen. Gerne wollte ich noch einmal zu diesem Ort fahren, doch ich ließ es bleiben. Was, wenn der Hausherr nicht so freundlich war, wie der Hausangestellte?

Dann, eine Woche nach dem Unwetter, klingelte morgens um acht Uhr endlich das Telefon. Thomas fragte, ob ich mittags so gegen zwei vorbeikommen könnte und natürlich sagte ich sofort zu.

Der Weg zur Villa war bei trockener Witterung deutlich angenehmer. Bei Sonnenschein sah der Wald freundlicher aus und auch der sandige Boden gab erfreulicherweise nicht nach. Dennoch wunderte ich mich über die Strecke, die ich damals im Gewitter zurückgelegt hatte.

Die Fassade der Villa schien leider genauso trist, wie vor einer Woche. Noch immer hatte sie etwas Gespenstisches an sich, das jeden normalen Menschen davon abhielt, um Einlass zu bitten. Ich betätigte die Klingel, als ob ich hier wohnen würde und lediglich meinen Schlüssel vergessen hatte. Ohne vorher am Apparat nachzufragen, trat Thomas aus der Tür und winkte mir zu, bevor er in meine Richtung loslief. Jetzt, wo mir nicht mehr Regen und Blitze im Nacken hingen, hatte ich mehr Möglichkeiten, meine Umgebung wahrzunehmen. Einfahrt und Vorgarten, welche von der aschgrauen Mauer umfasst wurden, waren einfach gehalten. Der Weg war aus feinem Kies und der Rest einfach nur verbrannter Rasen. Anders konnte man diese zwei vertrockneten Lappen rechts und links vom Weg nicht nennen. Rechts vom Haupthaus befand sich eine breite Garage und links davon hatte man einen hohen Sichtschutz aus Holz angebracht, der an manchen Stellen schon verrottet war. Den eigentlichen Garten, um den es wohl ging, konnte ich nicht sehen.

Nach einer herzlichen Begrüßung führte Thomas mich die Treppe hinauf in einen weiteren Flur, der dunkler und unheimlicher erschien, als das Foyer. Die Wände hier hätten durchaus das eine oder andere Bild vertragen können. Es wirkte kühler hier oben.

»Nun, Nadja. Bitte erschrecken Sie nicht. Herr Moreau ist manchmal etwas sonderbar, aber im Grunde einer der wertvollsten Menschen, die ich in meinem Leben kennengelernt habe«, versuchte er, mich auf die kommende Begegnung vorzubereiten.

»Keine Sorge«, beruhigte ich ihn. »Wenn man als Stadtmensch aufs Land in ein kleines Dörfchen zieht, ist das wie ein Sprung ins kalte Wasser. Ich bin mittlerweile einige Menschenschläge gewohnt.«

Vor einer der dunklen Türen kamen wir zum Stehen. Thomas klopfte und wartete ab.

»Ja?«, sprach eine harsche, männliche Stimme, als er sie öffnete. Dunkelheit drang hinaus und verschluckte sofort die Umrisse des Dieners. War es sonst nicht so, dass Licht die Dunkelheit erhellte?

Jäh wurde ich aus meinen Gedanken gerissen, als sich Thomas Hand mir entgegenstreckte. Ich ergriff sie wortlos und er dirigierte mich vorsichtig ins Schwarze. Bestimmt gab es hier Fenster, doch hatte sie jemand akribisch verdunkelt.

»Sie können sich hier setzen«, meinte Thomas schließlich und ich vertraute ihm. Behutsam ließ ich mich auf einem Stuhl nieder. Nur langsam gewöhnten sich meine Augen an die Dunkelheit, doch war sie so schwarz, dass ich die weitere Person im Raum nur erahnen konnte. Es duftete angenehm nach einem herben Parfüm, doch gegen den Rest des Hauses war es hier eindeutig kühler. Okay, das war mal ein etwas anderes Vorstellungsgespräch.

»Guten Tag, Herr Moreau«, fing ich höflich an, erhielt jedoch keine Antwort.

Stattdessen schnalzte mein Gegenüber mit der Zunge.

»Eine Frau, Thomas?«, fragte er, offensichtlich nicht an mich gewandt.

»Ja, Herr«, entgegnete Thomas neben mir. »Ich denke, sie kann mir gut zur Hand gehen.«

»Wenn du meinst«, lachte der Hausherr auf. »Wie ist Ihr Name?«, meinte er nun mit amüsiertem Unterton.

»Nadja. Nadja Huber.«

»Morgen früh ist Ihr erster Arbeitstag, Frau Huber«, sagte er forsch. »Sie beginnen um neun Uhr und verlassen dieses Grundstück pünktlich um siebzehn Uhr. Keine Minute später. Haben Sie das verstanden?«

»J-ja, Herr Moreau«, stotterte ich, erschrocken über seine polternden letzten Worte.

»Gut, dann gehen Sie. Den Rest besprechen Sie mit Thomas.«

Sofort sprang ich auf, wartete nicht auf Thomas Hilfe, sondern tastete mich an der Wand entlang zur Tür.

»Auf Wiedersehen, Herr Moreau«, bekam ich gerade so heraus und als ich aus der Tür trat, hörte ich, wie er verächtlich knurrte:

»Schon wieder so eine Enttäuschung.«

Hatte ich mich denn so falsch verhalten? Unfähig, ein Wort herauszubekommen, ging ich vor Thomas die Treppen hinunter und zur Tür.

»Es tut mir leid, Nadja. Das war vielleicht etwas verstörend für Sie. Ich hätte Sie besser vorbereiten sollen«, versuchte er, mich zu beruhigen.

Ich stoppte, um ihn ansehen zu können.

»Eins steht fest – das war das schnellste und eigenartigste Vorstellungsgespräch, das ich je hatte«, sagte ich konsterniert.

Er nickte lediglich.

»Ist Ihr Boss lichtempfindlich, oder mag er einfach skurrile Auftritte?«, fragte ich und sah ihn verlegen nach Worten suchen.

»Es ist etwas kompliziert«, begann er und ich winkte ab.

»Das ist es immer. Na ja, ich arbeite ja mit Ihnen und nicht mit ihm.«

Nun wurde Thomas Blick fröhlicher.

»Ja, ich freue mich. Ach so, jetzt hat Herr Moreau gar nicht die Bezahlung angesprochen. Ich gehe ihn fragen.«

»Nicht nötig!«, hielt ich ihn zurück. »Ich lasse mich gerne überraschen. Lassen Sie uns das erst einmal ausprobieren.«

Was sagte ich da? Ich brauchte dringend Geld und konnte es mir nicht leisten, in meiner Freizeit einen Garten umzugraben und dafür nachher allenfalls einen feuchten Händedruck zu bekommen. Ich musste verrückt geworden sein.

»Bis morgen, Nadja«, verabschiedete Thomas mich am Tor.

Ich versicherte ihm, morgen pünktlich zu sein, bevor ich auf mein Fahrrad stieg und fortfuhr. Wieder hatte ich den geheimnisvollen Garten nicht gesehen.

An diesem Abend konnte ich schlecht einschlafen. Im Dachgeschoss, genau über meinem Bett war beim letzten Unwetter der Regen durch die Decke gekommen. Nun wartete ich auf die Lieferung meiner neuen, vor allem trockenen Matratze und schlief so lange auf der Couch im Wohnzimmer meiner Mutter. Nach langem Hin- und Herwenden, siegte schließlich die Erschöpfung über das Gedankenkarussell.

Da war ein langer Korridor, der in einem düsteren Zimmer endete. Ich betrat es und setzte vorsichtig einen Fuß vor den anderen, bis ich jemanden vor mir atmen spürte. Die Arme ausstreckend, ertastete ich eine Person, die etwas größer war, als ich. Ich fühlte den Saum eines Hemdes hinauf, bis ich Haut spürte. Meine Augen konnten mir keine Auskunft über mein Gegenüber geben, also tastete ich vorsichtig mit den Fingern über das Gesicht der Person, die sich nicht rührte. Ich fühlte die Lippen, die Nase und Ohren. Als meine Fingerspitzen die rechte Wange hinauftasteten, spürte ich eine leichte Vertiefung, die sich hinauf bis zum Auge und herüber zur Augenbraue zog.

»Wer bist du?«, hörte ich mich selbst fragen, bekam aber keine Antwort.

Stattdessen packte mich plötzlich jemand am Handgelenk. Erschrocken zuckte ich zurück und wollte mich herauswinden, als in der Dunkelheit ein violettes Augenpaar erschien. Ein zorniges Brüllen unterbrach unmittelbar vor mir die Stille, und der Griff um mein Handgelenk wurde stärker, zog mich vom Boden und ließ mich nach Hilfe schreiend ein Stück über der Erde baumeln.

»Nadja? Wach auf um Gottes willen!«

Etwas rüttelte unaufhörlich an mir. Nach Luft schnappend, riss ich die Augen auf und versuchte, mich zu orientieren.

»Na Gott sei Dank!«, keuchte Mama neben mir. Offenbar hatte sie sich erschrocken. »Du hast einen fürchterlichen Schrei ausgestoßen!«

»Alptraum«, antwortete ich knapp. »Danke, dass du mich geweckt hast.«

Besorgt strich sie mir über die Stirn.

»Ist wirklich alles in Ordnung, Schatz? Du bist nass geschwitzt«, meinte sie und ich nickte.

Es dauerte, bis sie sich wieder beruhigt hatte und zurück ins Bett ging. Bei mir war an Schlafen nicht mehr zu denken. Ich war so hellwach und verschwitzt, dass ich auch direkt duschen gehen konnte. Immerhin war es schon halb fünf morgens.

Meine Gedanken flogen vollkommen durcheinander, vermischten Realität mit Hirngespinsten. Dass mich dieses dunkle Zimmer von gestern derartig beschäftigte, war mir bis dato gar nicht bewusst gewesen. Meine lebhafte Fantasie tat ein Übriges. Es würde mich gar nicht wundern, wenn mein Hirn in der nächsten Nacht noch Einhorn und Chupacabra mit ins Spiel bringen würde.

Gemächlich machte ich mich fertig für den kommenden Tag. Anschließend las ich noch verschiedene Gartenratgeber quer, um wenigstens ein Grundwissen vorweisen zu können. Mama hatte heute ihren freien Tag und so durfte ich mit dem Wagen fahren. Um Viertel vor neun verabschiedete ich mich von ihr und fuhr los.

Thomas wartete bereits am Tor auf mich. Es schien, als würde er sich richtig freuen.

»Haben Sie denn alle nötigen Gartengeräte?«, fragte ich und hörte ihn auflachen.

»Mehr als genug, glauben Sie mir.«

Meinem Vorschlag, gemeinsam erst einmal den Garten anzusehen und dann einen Plan davon anzulegen, stimmte er zu. Trotzdem schien er recht still, als er mich durch die große Garage führte, in der neben Unmengen von Gartenequipment ein nagelneuer weißer Dodge Durango sowie ein alter Pick-up standen.

Als Thomas zögerlich die Hintertür zum Garten öffnete und zur Seite trat, fiel mir alles aus dem Gesicht. Das war kein Garten. Es war noch nicht einmal eine von Disteln überwucherte, viel zu hoch geratene Wiese. Vielmehr ähnelte es einer Mischung aus Truppenübungsplatz und dem Campingplatz eines Festivalgeländes nach acht Stunden Starkregen. Die von der Mauer umgebene Fläche war riesig – aber kein bisschen Grün.

»Vielleicht wäre das eher etwas für einen Fachmann«, japste ich völlig entgeistert und trat mit den mitgebrachten Gummistiefeln in die Matschwüste.

Ganz hinten rechts hatte wohl jemand versucht, ein Loch für einen Teich auszuheben, ansonsten fehlte jegliche Struktur.

»Was meinen Sie, wer hier schon alles versucht hat, Ordnung hineinzubringen, Nadja«, entgegnete Thomas und klopfte mir mitleidig auf die Schulter. »Bitte, versuchen Sie es zumindest.«

»Hey! Ich bin noch hier, also lassen Sie uns anfangen!«, lächelte ich und sah ihn erleichtert aufatmen.

So schnell warf ich die Flinte nicht ins Korn – gerade dann nicht, wenn es eine Herausforderung zu meistern gab, die sonst niemand schaffte. Ich kannte den dilettantischen Gärtner aus dem Dorf. Er wäre unter der Teichplane allenfalls selbst erstickt.

»Haben Sie einen maßstabgetreuen Plan vom Garten und einen Stift?«, fragte ich und sah Thomas in einer Schublade der Werkbank suchen. Blitzschnell wurde er fündig und reichte mir einen kleinen Stapel Papier. Es sah aus, als hätten sich wirklich schon viele Leute an diesem Stück Morast versucht.

»Nehmen Sie die alten Zeichnungen zurück, Thomas. Ich brauche nur den Umriss«, murmelte ich konzentriert, legte einen Blankoplan auf die Ablagefläche und nahm einen Stift aus der Schublade.

Wenn man mal ausblendete, dass man die eigene Zeichnung selbst mit viel Schweiß und Tränen verwirklichen musste, fiel ein Entwurf leicht. Wir könnten eine Terrasse über die gesamte Breite des Gartens bauen, sodass man über Wohnstube, Garage und Seiteneingang links nicht direkt auf dem Rasen stehen würde und vielleicht eine kleine Sitzecke hinstellen könnte. Links dahinter wäre ein guter Platz für einen Grill. Vor die graue Mauer könnte man rundherum Sträucher pflanzen. Das Loch für den Teich rechts hinten müsste man weiter ausheben und auskleiden, um wirklich einen Teich daraus zu machen. Das Stückchen alte Backsteinmauer, das links ein bisschen hochragte, konnte man ein wenig auf Vordermann bringen.

»Sieht toll aus. Machen Sie so etwas öfter?«, hörte ich Thomas neben mir fragen, der mir aufmerksam über die Schulter sah.

Mich über das Lob freuend, schüttelte ich den Kopf.

»Nein, aber ich zeichne und modelliere sehr gerne. Hätten Sie noch gerne etwas Bestimmtes?«

Thomas überlegte und zeigte dann rechts auf den freien Fleck hinter die geplante Terrasse.

»Ein Hochbeet, das wäre schön. Für bunte Blumen. Dann müsste ich mich nicht immer so bücken.«

Erfreut über seinen Vorschlag zeichnete ich drauf los. Immer wieder veränderten wir einiges, bis wir schließlich beide sehr zufrieden mit unserem Plan waren. Den Rest würde Rollrasen erledigen können. Immerhin war das Gelände bis auf das monströse Loch in der Ecke schön eben.

»Und jetzt?«, fragte der Grauhaarige, auf das noch vom letzten Regen matschige Schlachtfeld blickend.

»Jetzt stürzen wir uns auf das unfertige Loch und machen einen Teich daraus. Oder?«, meinte ich unsicher und sah, wie Thomas entschlossen nach draußen trat.

»Nichts wie los, Kollegin!«

Heute brannte die Sonne ohne Erbarmen auf uns nieder, was jedoch immer noch besser war, als eine Sturmflut. Gemeinsam buddelten wir ein schönes, ovales Loch für den Teich und verteilten die Erde gleichmäßig im Rest des Gartens. Dann setzten wir uns Markierungen nach Plan. Am Ende des Arbeitstages hatten wir eine gute, ordentliche Grundlage geschaffen.

»Hat Sie eigentlich schon einmal das Umweltamt wegen Verdacht auf einen Chemieunfall kontaktiert?«, keuchte ich, als wir die letzte Schubkarre verteilten.

»Warum?«, stutzte Thomas.

Ich deutete gen Himmel. »Mitten im Wald ein Fleck, auf dem sich augenscheinlich noch nicht einmal das Unkraut wohlfühlt. Aus dem Luftraum sieht das sicherlich aus, wie ein Versuchsfeld.«

Mein Gegenüber lachte herzlich auf. »Sie sind sehr aufmerksam, Nadja. Aber nein, dieser Garten scheint von oben aus so klein, dass es nicht auffällt. Außerdem führen hier keine Flugrouten her. Bis jetzt ist es zumindest noch niemandem aufgefallen.« Er schaute auf seine Uhr. »Zehn vor fünf. Machen wir Schluss für heute.«

»Meinen Sie, wir könnten morgen zum Baumarkt fahren? Vielleicht mit dem Pick-up?«, fragte ich und Thomas nickte.

»Das lässt sich bestimmt einrichten. Möchten Sie sich vor dem Gehen säubern?« Sein Blick verriet, dass ich mich ziemlich dreckig gemacht hatte. Ich nahm sein Angebot nicht an und verabschiedete mich. Als ich hoch zu den Fenstern der Villa sah, meinte ich für einen kurzen Moment eine Silhouette hinter einem Fenster im ersten Stock gesehen zu haben. Vielleicht hatte ich mich aber auch geirrt.

Nach dem Duschen aß ich mit Mama zu Abend. Die Antworten auf ihre Fragen, wie die neue Arbeit denn so war, fielen zugegebenermaßen recht knapp aus, denn ich war hundemüde. Schließlich warf ich mich mit letzter Kraft auf die Couch und machte mich auf neue, skurrile Träume gefasst.

Oft wusste ich in meinen Träumen, dass es eben solche waren. Ich konnte es nicht wirklich erklären, doch so war es auch hier. Urplötzlich stand ich in dem Garten, den Thomas und ich am Vortag bearbeitet hatten. Es war Nacht und doch erhellten einige Fackeln die Grünflächen. Es war grün! Hinten in der Ecke plätscherte der kleine Wasserfall des Teichs fröhlich dahin. Genau so hatte ich es mir vorgestellt. Plötzlich hörte ich hinter mir ein Gebrüll, welches das Blut in meinen Adern gefrieren ließ. Ich fuhr herum und sah ein großes Tier im Eingang der Garage stehen. Es war ein Bär, aufgerichtet und in voller Größe überragte er mich um gut einen Meter. Fast starr vor Angst taumelte ich rückwärts über die Terrasse, als er sich in Bewegung setzte. Erschrocken schaute ich mich um, lief los und wusste zugleich, dass ich nicht entkommen konnte. Zu hoch waren die Mauern. Dennoch lief ich weiter, bis ich die Wand neben dem Teich erreichte. Rücklings presste ich mich gegen den kalten Stein, der Ausweglosigkeit bewusst, in der ich mich befand. Der Bär trat heraus aus der Garage und dann passierte etwas, das ich so keinesfalls erwartet hätte. Das Tier rannte nicht, vielmehr blickte es sich beim Laufen um und bei jedem weiteren Meter, den es in meine Richtung ging, starb ein Teil des Gartens ab. Der Rasen verdorrte, wie im Zeitraffer. Der wilde Wein zu meiner Rechten fiel in sich zusammen, als ob man ihn mit Hitze versengte. Die Kreatur trat auf saftig grünes Gras und hinterließ nichts als Hoffnungslosigkeit. Als sie näher kam, zog ich eine Fackel neben mir aus dem Boden und hielt sie schützend vor mich.

»Bleib mir ja vom Leib«, brüllte ich mit bebender Stimme. »Ich warne dich!«

Zwischen den Flammen hindurch sah ich, wie der Bär mich anblickte. Ein violettes, trauriges Augenpaar fixierte mich. Er blieb stehen, stieß ein Grummeln aus und beobachtete mich. Diese Augen, ich kannte sie bereits. Langsam ging er mit den Vorderläufen hinunter, bis er auf allen vieren stand und nun nicht mehr bedeutend größer war, als ich. Und er schaute mich an, als wollte er mir etwas sagen. Zögernd steckte ich die Fackel neben mich in den Boden und machte einen Schritt auf ihn zu. Er bewegte sich nicht. Im Augenwinkel sah ich, wie der Teich aus unerklärlichen Gründen, wie bei einer Dürre, jegliches Wasser verlor. Zwei kleine Kois zappelten verzweifelt auf dem Trockenen. Ich musste sie irgendwo ins Wasser bringen. Hastig wandte ich mich vom Bären ab und mit einem Sprung war ich im Teich, dehnte den Saum meines Shirts und legte mit Mühe die sich windenden Tiere in die entstandene Wölbung an meinen Bauch. Über eine Stufe kletterte ich aus dem Teich und sah nach dem Bären. Er war weg. Wie vom Erdboden verschluckt. Irritiert schaute ich mich um. In meiner Not lief ich zum Haus, hoffend, dass sich im Erdgeschoss eine Gästetoilette mit großem Waschbecken befand. Gerade, als ich die Terrassentür erreicht hatte, packte mich etwas an den Haaren und riss mich mit Wucht zurück. Im gleichen Moment wachte ich nach Luft schnappend auf.

Mein Kopf schmerzte grauenhaft, als ich mich an diesem Morgen an den Küchentisch setzte. Dieser Traum war noch seltsamer, als der letzte. Hier im Umkreis wurde in den letzten Jahrzehnten, soweit ich wusste, kein Bär gesichtet. Und was zur Hölle wollte mir der verdorrende Garten sagen? Ich hatte keine Erfahrung im Traumdeuten und konnte mir nur vorstellen, dass mir bald ein heftiger Misserfolg widerfahren würde. Auf dem Weg zur Arbeit zerbrach ich mir den Kopf darüber, doch wenigstens ließen die Schmerzen nach. Wenn die Gärtner vor mir die gleichen Alpträume bekommen hatten, konnte ich den Abbruch ihrer Arbeiten nachvollziehen. Doch war ich viel zu neugierig und zielstrebig, um jetzt aufzugeben. Ich hatte doch noch nicht einmal richtig angefangen.

Thomas hatte bereits den Wagen mit der geräumigen Ladefläche vor dem Anwesen geparkt und saß darin, als ich eintraf.

»Wie sieht es mit dem Budget aus?«, fragte ich ihn ohne Umschweife.

Er überlegte. »Na ja, für den Anfang wird es reichen. Vielleicht sollten wir mit dem Teich beginnen«, antwortete er schließlich.

»Thomas, seien Sie ehrlich. Wenn wir heute etwas pflanzen, kann es sein, dass es morgen früh nicht mehr lebt?«

»Wie kommen Sie denn darauf?«, fragte er, mich verwundert anblickend.

»Das hat mehrere Gründe«, entgegnete ich. »Ich denke, dass schon viele Menschen versucht haben, den Garten auf Vordermann zu bringen. Was ich von der Villa bereits sehen konnte, war sehr gepflegt. Ich denke also nicht, dass es Herrn Moreau gleichgültig ist, aus dem Fenster auf eine Matschwüste zu schauen.«

Als Thomas nicht widersprach, fuhr ich fort. »Wenn es also in seinem Sinne ist, einen gepflegten Garten zu haben, warum ist dann unser Budget derart knapp? Wo doch der Boden im Foyer aus Marmor und das Geländer mit Blattgold überzogen ist?«

Im Grunde pokerte ich, doch ich schien einen Nerv getroffen zu haben. »Ich hatte einen Traum«, sagte ich weiter und mein Fahrer blickte mich an.

»Was für einen Traum?«

»Ist ja auch eigentlich egal«, wich ich aus. »Hier gibt es eh keine Bären und einen Bären mit violetten Augen habe ich auch noch nie gesehen.«

Ich sah förmlich, wie es in seinem Kopf ratterte.

Schlussendlich meinte er aufmunternd: »Machen wir das Beste daraus.«

Eine Antwort auf meine Fragen bekam ich vorerst nicht.

Gut eine Stunde und ein Beratungsgespräch später, fuhren wir mit allen nötigen Dingen für den Teich und einem wilden Wein zurück zum Anwesen. Den Wein pflanzte ich an seinen vorgesehenen Platz vor der Mauer und goss ihn reichlich. Ich wollte etwas ausprobieren. Für alle Teichmaterialien reichte das Geld leider nicht aus. Allerdings würden wir an einem einzigen Tag sowieso nicht fertig. Nachdem ich mir im Internet angesehen hatte, wie man so ein Teil baut, war ich ohnehin skeptisch. Alles in allem kamen wir jedoch recht gut voran. Und wir hatten sogar Spaß dabei. Thomas hatte ein altes Radio in die Garage gestellt und sang mit mir um die Wette. Sonderlich gut klangen wir beide leider nicht.

Um fünf vor fünf klingelte der Timer meines Ersatzhandys, den ich mir gestellt hatte. Viel zu früh, nach meinem Geschmack.

»Dann bis morgen«, winkte ich Thomas zu, der ebenfalls vollkommen die Zeit vergessen hatte. Mit dem lange nicht mehr empfundenen Gefühl, etwas bewirkt zu haben, fuhr ich, kräftig in die Pedale tretend, nach Hause. Auf dem Küchentisch fand ich einen Zettel von meiner Mutter. Ihre Kollegin war krank – sie musste die Spätschicht übernehmen. Das war ziemlich viel verlangt, doch was sollte sie tun? Den Abend schlug ich mit Krimiserien tot, bis mir schließlich die Augen zufielen.

Das Foyer der Villa war hell erleuchtet, als ich durch die angelehnte Tür eintrat. Thomas war nirgendwo zu sehen, doch in der Ferne konnte ich ein Knurren hören. Es war leise, doch hörte es sich an, als käme es von der gleichen Kreatur, die ich hörte, als ich dieses Haus das erste Mal betreten hatte. Und wieder kam es aus dem ersten Stock.

»Hallo?«, rief ich. »Ist da jemand?«

Niemand antwortete. Zögerlich ging ich zur Treppe und schaute hinauf. Ein kühler Windhauch kam mir entgegen. Fröstelnd rieb ich mir die Arme und begann langsam, die Stufen hinaufzusteigen. Oben angekommen, musterte ich die zahlreichen Türen. Alle waren geschlossen, bis auf eine am Ende des Flurs. Sie war lediglich angelehnt. Langsamen Schrittes ging ich auf sie zu. Auf einmal war es gespenstisch still. Allen Mut zusammen nehmend, stieß ich die Tür mit einem Schubs auf und starrte ins Dunkel. Ich tastete nach einem Schalter, konnte jedoch keinen finden.

»Herr Moreau? Sind Sie hier?«, fragte ich ins Nichts und machte zwei Schritte hinein. Und wie es in allen alten Gruselfilmen üblich war, flog die Tür hinter mir mit einem lauten Knall zu. Irgendwie hatte ich es schon erwartet und doch zuckte ich zusammen. Ein gleichmäßiges Atmen, das nicht meins war, unterbrach die Stille.

»Ein bisschen Licht würde dem Raum sicherlich guttun«, bemerkte ich, unerklärlicherweise gar nicht ängstlich und hörte ein leises Lachen.

»Warum fürchtest du dich nicht?«, hörte ich eine tiefe Stimme vor mir fragen, die ich kannte.

»Herr Moreau? Sind Sie das?«, erwiderte ich, erhielt jedoch keine Antwort auf meine Gegenfrage.

»Warum hast du keine Angst? Antworte mir«, entgegnete er stattdessen nun etwas ungeduldiger, und mit einem Nachdruck, der mir Schauer über den Rücken laufen ließ. Doch war es kein Unangenehmer.

»Ich sehe keinen Grund, mich zu fürchten«, antwortete ich. »Allerdings würde ich meinen Arbeitgeber einfach gerne einmal sehen. Das ist unhöflich von Ihnen.«

»Das Augenlicht wird überbewertet. Ich kann mich dir nicht zeigen, Nadja«, entgegnete er unsicher.

»Warum?«, erwiderte ich ungeduldig. Keine Antwort. »Und überhaupt«, redete ich mich in Rage, »kann ich mich nicht daran erinnern, Ihnen das Du angeboten zu haben. Ich kenne nicht einmal Ihren Vornamen.« Verärgert machte ich einen unüberlegten Schritt nach vorne, stieß mit dem Fuß gegen etwas und verlor das Gleichgewicht. Noch im Fall spürte ich einen Luftzug und wurde von kräftigen Händen an den Hüften aufgefangen. Etwas benommen lehnte ich mich mit dem Rücken an den breiten Brustkorb hinter mir. Was war mit mir los? Plötzlich wurden meine Knie weich.

»Danke«, wisperte ich leise, als ich seinen Atem an meinem Ohr spürte.

»Gabriel«, flüsterte er.

Ich hob meinen Arm und ertastete seine Wange. Leicht neigte er seinen Kopf in meine Handfläche.

»Ich fürchte mich nicht, weil es keinen Grund zur Furcht gibt«, antwortete ich nun.

Der Duft dieses Mannes, seine Anwesenheit, selbst in der

Dunkelheit – all das tat mir gut. Ich konnte es selbst kaum erklären, doch ging von ihm eine Anziehungskraft aus, der ich mich nicht entziehen konnte. Mühevoll fand ich wieder festen Stand, drehte mich zu ihm um und sah erstaunt in zwei violett leuchtende Augen. Sie waren näher beieinander, als das letzte Mal, als ich sie sah, doch waren sie trotzdem unverwechselbar in der Farbe.

»Du bist der Bär«, stieß ich hervor und augenblicklich wich er zurück. »Warte«, rief ich und hörte ihn knurren.

»Halt«, fauchte er und sofort hielt ich inne. »Deine Arbeit in meinem Garten ist beendet«, bemerkte er bestimmt.

»Nein«, japste ich verzweifelt. »Nein, das wollte ich nicht!«

»Ruhe!«, unterbrach er mich grollend. »Du wirst meinen Grund und Boden nicht mehr betreten. Deinen Lohn für die bereits geleistete Arbeit werde ich dir zuschicken.«

Immer weiter entfernten sich die Augen, als befänden wir uns in einem langen, dunklen Tunnel.

»Lebe wohl, Nadja«, trat es leise an meine Ohren, bevor ich von einem lauten Knall geweckt wurde.

Völlig verstört riss ich die Augen auf und starrte auf den Bildschirm des Fernsehers. Dort lieferten sich gerade zwei Männer eine Verfolgungsjagd. Meine Gedanken rasten, während ich verzweifelt in der Ritze des Sofas nach der Fernbedienung suchte. Zwei Uhr in der Nacht. Hoffentlich hatte ich Mama nicht geweckt. Meine Träume wurden immer bizarrer. Ich konnte doch nicht einfach so der Arbeit fernbleiben, weil Gabriel es mir im Traum gesagt hatte. Gabriel. War das wirklich sein Name? Ich wusste gar nichts mehr. Als ich den Fernseher endlich zum Schweigen gebracht hatte, döste ich noch ein wenig vor mich hin.

Thomas schien leicht nervös, als er mich an diesem Morgen am Tor empfing.

»Guten Morgen, Nadja. Ich fürchte, ich habe schlechte Nachrichten«, begrüßte er mich. »Der Herr meint, dass Ihre

Dienste nicht mehr benötigt werden.«

Überraschen konnte mich diese Aussage nicht mehr, entmutigen ebenso wenig.

»Ach Quatsch, Thomas«, lächelte ich den zu Tode betrübten Hausangestellten an und klopfte ihm freundschaftlich den Arm. »Wenn wir uns ranhalten, kriegen wir heute den Teich fast fertig und dann können wir dem knauserigen Gabriel vielleicht noch etwas Geld für den Rollrasen aus den Rippen leiern.«

Mit den Worten ließ ich von dem nach Luft schnappenden Mann ab und ging durch das Tor. Der Name war also schon mal richtig. Fragte sich nur, wie viel noch.

»Nadja, woher ...«, stotterte er, hinter mir her stolpernd und ich sah ihn augenrollend und grinsend an.

»Lange Geschichte. Glauben Sie mir sowieso nicht.«

Niemand beschwerte sich, als ich zur Garage spazierte. Dafür müsste ›Mann‹ ja aus seinem dunklen Versteck treten und dafür war ›Mann‹ wohl zu feige. Als ich in den Garten trat, sah ich, was ich bereits geahnt hatte. Der gestern gepflanzte Wein war als solcher nicht mehr zu erkennen. Es war, als wäre ihm sämtliche Lebenskraft gestohlen worden. Alle Blätter waren braun und hingen schlaff herunter.

»Es tut mir leid«, meinte Thomas hinter mir, als ich hinaustrat, um die Pflanze näher zu begutachten. Mich genau beobachtend, sagte der Hausangestellte: »Es hat keinen Sinn.«

Vorsichtig nahm ich ein Blatt zwischen die Finger, es zerfiel sofort zu Staub.

»Warum versteckt er sich in der Dunkelheit?«, fragte ich Thomas, ohne ihn anzusehen. Ich hörte ihn tief durchatmen.

»Sein Erscheinungsbild ist nicht alltäglich. Das können Sie als makellose Person nicht verstehen.«

»Makellos?«, wiederholte ich ungläubig. »Jeder Mensch sieht anders aus und niemand ist perfekt. Aber das ist es nicht, oder? Was ist mit dem Bären?«

Überrascht blickte Thomas mich an und es dauerte ein paar Sekunden, bis er seine Stimme wieder gefunden hatte.

»S-sie wissen wirklich davon?«

»Seit Nächten träume ich davon«, entgegnete ich trocken, als er sich nachdenklich das Kinn rieb.

»Vielleicht sind Sie doch die Richtige.«

Auf meinen fragenden Blick hin räusperte er sich verlegen.

»Ich bekomme nichts aus Ihnen heraus, oder?«, resignierte ich.

»Es tut mir leid, Nadja«, antwortete er. Damit musste ich mich wohl abfinden.

Auch heute spielte das Wetter mit und so konnten wir die Teichwanne fertig einbauen und die Ränder ordentlich befestigen. Am Ende des Tages hatten wir die erforderlichen Geräte eingebaut und ließen zum Test ein wenig Wasser ein. Während es beruhigend plätscherte und wir uns den Dreck von Armen und Beinen wuschen, blickte ich nach oben zu den Fenstern der Villa. Ich wusste, dass er uns beobachtete. Ich konnte es spüren.

»Wissen Sie was, Thomas? Wir holen jetzt mal den Chef in den Garten und fragen ihn, was er davon hält!«, warf ich über die Schulter, als ich schon die Terrassentür erreicht hatte.

»Warten Sie!«, rief er fast panisch, doch ich hatte bereits die Schuhe auf der Terrasse abgestreift und lief ins riesige Wohnzimmer. Es fiel mir schwer, diesen Raum ohne reichlich Bewunderung schnell zu durchqueren, doch die kühlen Kacheln unter meinen Füßen halfen, auch einen kühlen Kopf zu behalten. Zielsicher lief ich in den Flur, die Treppen hoch zum einzigen, dunklen Zimmer im Haus. Die Tür war geschlossen und als ich auf meine Klopfzeichen hin nichts hörte, drückte ich einfach die Klinke hinunter. Sie sprang auf und offenbarte mir die Stille und Dunkelheit, in der kein Mensch leben sollte. Ohne zu zögern, machte ich die ersten Schritte hinein und erschrak nicht mehr, als die Tür hinter mir zuflog. Ruhig blieb ich nun stehen und wartete ab, als ich vor mir eine Bewegung hörte.

»Sie geben nie auf, oder?«, hörte ich Moreau wütend sagen. Doch da war noch etwas anderes in seiner Stimme. War er beeindruckt?

»Waren wir nicht schon beim Du, Gabriel?«, fragte ich und hörte ihn schnaufen. Ich konnte wetten, dass wir unsere Träume teilten, und meine Vermutung bewahrheitete sich.

»Gut, Nadja. Wieso bist du noch da?«

»Weil ich eine Arbeit zu erledigen habe«, antwortete ich sofort und hörte ihn bitter auflachen.

»Das ist aber nicht alles, oder?«

»Willst du nicht mal die Fortschritte im Garten sehen?«, fragte ich.

»Antworte auf meine Frage, verdammt!«, polterte er los.

Ich zuckte nicht zusammen, konnte er das sehen?

»Komm zu mir, bitte«, meinte er nun mit deutlich sanfterer Stimme, ich streckte die Arme aus und wedelte ungelenk vor mir herum.

»Wie denn? Ich sehe nichts, Herr Moreau!« Ich betonte die letzten Worte, sodass er lachte. Diesmal war es jedoch ein herzliches, fast schon warmes Lachen. Offenbar konnte er besser in der Dunkelheit sehen.

»Verlass dich nicht auf dein Augenlicht. Es gibt so viele andere Sinne, die deshalb verkümmern«, flüsterte er.

Aus Angst, ich würde mich mitten im Zimmer über einen Schemel langlegen oder mir die Zehen brechen, setzte ich ganz vorsichtig einen Fuß vor den anderen. Als ob ich gerade erst das Laufen lernen würde, streckte ich meine Arme vorsichtig nach vorne aus und tastete ins Leere.

»Nicht schlecht für den Anfang«, sprach er plötzlich neben mir, obwohl ich hätte schwören können, die Richtung nicht geändert zu haben. Ruckartig drehte ich mich um und spürte ihn in mein linkes Ohr pusten. Wie war er so schnell?

»Das ist nicht lustig«, knurrte ich, mich abermals umdrehend und hörte ihn doch glatt kichern. Ich hatte jegliche Orientierung verloren.

»Na gut, ich bleibe stehen«, hörte ich ihn förmlich vor mir grinsen.

Ich nahm meinen Mut zusammen, trat einfach einige Schritte gerade aus, bis ich in etwas Weiches lief, in dem ich mich verfing.

»Verdammter Lügner«, stieß ich mit den Armen rudernd hervor und tastete nach meinem Kollisionsgegner. Es war ein Garderobenständer, vollgehängt mit Kleidung.

»So redet man aber nicht mit seinem Chef«, hörte ich ihn tadelnd direkt hinter mir sagen. Ich drehte mich blitzschnell um und griff wahllos nach irgendetwas. Ich erwischte seine Ärmel, ertastete seine Handgelenke und packte sie, wie ein Schraubstock.

»Erwischt«, lachte ich triumphierend auf und spürte, dass er sich nicht wehrte. Jetzt begann ich zu verstehen, was er meinte. Ich konnte ihn nicht sehen und doch hörte ich seinen beschleunigten Atem. Anders, als in meinen Träumen konnte ich seine violetten Augen nur erahnen und doch fühlte ich, dass sie mich ansahen. Mein Griff lockerte sich, als er seinen Arm hob und mir über die Wange strich, so vorsichtig, als hätte er Angst, mich zu zerbrechen. Eigentlich wollte ich ihn zur Rede stellen, wollte wissen, warum er das ganze Theater veranstaltete. Doch war es plötzlich alles so egal. Unbeholfen tastete ich seine Arme hinauf bis zum Hals. Ganz vorsichtig kam er näher, neigte sein Gesicht hinunter zu meinem. Sein Duft raubte mir jegliche Konzentration. Ich konnte seinen Atem spüren, kam ihm noch ein Stück entgegen, als unsere Lippen sich zögerlich streiften.

»Nadja, das müssen Sie sehen!«, brüllte Thomas im Flur, was Gabriel dazu veranlasste, zurückzuweichen. Ich strauchelte ein Stück nach vorne, fing mich jedoch sofort wieder.

»Schlechtestes Timing ever, Thomas«, murmelte ich und stapfte zur Tür.

Als ich die Klinke erreicht hatte, sagte Gabriel hinter mir:

»Genau das meinte ich vorhin.«

»Was denn?«, fragte ich, als ich es selbst begriff. Ich fand die Tür, ohne sie zu sehen.

»Nadja?«, hörte ich den Hausangestellten im Flur rufen, trat aus der Tür und lief zur Treppe.

»Was denn?«

»Das müssen Sie sehen! Der Wein, er hat sich erholt!«, gestikulierte er überglücklich im Foyer, mich aufgeregt anblickend.

»Ist nicht wahr!?«, rief ich und er nickte, dass ihm die grauen Strähnen ums Gesicht wedelten.

»Wenn ich es doch sage!«

»Ich sage es direkt Herrn Moreau!«, rief ich und wandte mich ab, um abermals zu seinem Zimmer zu laufen. Überschwänglich riss ich die Tür auf und machte einen Schritt ins Schwarze. »Gabriel! Die Pflanzen erholen sich!«

Ich spürte, wie er sich zum Fenster bewegte und als er den Vorhang einen kleinen Spalt zur Seite bewegte, konnte ich im fahlen Licht die Konturen des großen, kräftigen Mannes sehen. Sofort ließ er den Stoff wieder zurückschnellen.

»Wie spät ist es?«

Die Zeit hatte ich vollkommen vergessen.

»Keine Ahnung. Vielleicht so gegen acht?«, antwortete ich und hörte, wie er die Luft scharf einzog.

»Geh nach Hause, Nadja.«

»Aber, lass uns doch nach dem wilden Wein …«

»Sofort!«, grollte es aus seinem Innersten auf eine verletzende Art und Weise.

»Wenn Sie wünschen«, machte ich eine übertriebene Verbeugung in die Richtung seiner Stimme, drehte mich um und verschwand aus dem Zimmer. Wortlos und den Tränen nahe, rauschte ich die Treppen hinunter an Thomas vorbei, der mich verwirrt ansah.

Wie konnte jemand nur so launisch sein? So verletzend? Kein Wunder, dass alle flüchteten. Alle, außer Thomas. Wahrscheinlich wusste er gar nicht, was er an dem treuen Hausangestellten hatte. Barfuß lief ich die Einfahrt entlang, öffnete das Tor, für das Thomas mir einen Zweitschlüssel gegeben hatte und schloss es hinter mir wieder. Bisher hatte ich es noch nie ausprobiert, aber man konnte auch schuhlos radfahren. Man merkte, dass der Herbst nicht mehr weit war, denn die Tage waren kürzer geworden. Sommer oder Winter. Gerade war mir alles so einerlei. Nachdem ich meine Mutter begrüßt hatte, zog ich mich in mein Zimmer zurück. Es war inzwischen trocken genug, um sich dort aufzuhalten, und die neue Matratze war angekommen. Entkräftet schüttete ich die Töpfe und Schüsseln aus, die beim letzten Regen gute Auffangarbeit geleistet hatten, zog Shirt und Jeans aus und ließ mich mit dreckigen Füßen in mein Bett fallen. Morgen war Sonntag. Keine zehn Pferde würden mich vor die Tür bringen. Ich brauchte eine Pause.

Ein ohrenbetäubender Knall erschütterte meinen Traum. Mit rasendem Herzen schlug ich die Augen auf und versuchte, mich zu orientieren. Alles war undeutlich, doch konnte ich erkennen, dass ich auf einer Bank saß. Es war tiefste Nacht. Das Geräusch von zersplitterndem Glas aus Richtung der Villa ließ mich aufblicken. Vertrautes Grollen des Bären vermischte sich mit den Rufen einiger Männer. Ich konnte sie kaum verstehen und irgendetwas vor dem Haus ging in Flammen auf. Panisch sprang ich auf, knickte jedoch sofort wieder weg und fiel in den Dreck. Im gleichen Moment verschwamm alles gänzlich und mir wurde schwarz vor Augen.

Kerzengerade setzte ich mich im Bett auf. Mein Herz war kaum zu beruhigen. Es schien so real. Wenn es das genauso war, wie meine anderen Träume, was dann? Unschlüssig schaute ich auf meinen Wecker. Es war halb zwei mitten in der Nacht. Ich musste sicher gehen, dass alles in Ordnung war! Hastig stieg ich aus dem Bett, sammelte meine Klamotten zusammen und zog sie an. Meine Haare bindend, zog ich die Tür hinter mir zu und lief zum Schlüsselkasten im Flur.

Als meine Mutter den Kopf verschlafen aus der Tür steckte, meinte ich knapp:

»Ich muss noch einmal los. Ruf bitte die Polizei und schick sie zum Herrenhaus, wenn ich mich nicht in einer halben Stunde gemeldet habe!«

»Moment mal! Warte Nadja!«, rief sie hinter mir her, doch ich war schon aus der Haustür gelaufen, und steckte den Autoschlüssel mit zittrigen Händen ins Schloss.

Die Federung des Wagens ächzte, als ich in den Waldweg einbog, darauf achtend, dass mir kein Tier vor das Auto lief. Einige Meter vor dem Grundstück fuhr ich in eine Haltebucht und stellte es ab.

Schon von Weitem bot sich mir ein Anblick des Schreckens. Vor der Mauer stand ein schwarzer, alter Van mit weit geöffneten Türen, den ich schon einmal im Nachbarort nahe des Friedhofs gesehen hatte. Das Tor war vollkommen verbeult und eine Seite aus den Scharnieren gerissen worden. Irgendetwas brannte im Vorgarten, doch konnte ich es wegen der hohen Mauer nicht sehen. Wie vom Donner gerührt stieg ich aus und ging näher.

»Oh mein Gott«, flüsterte ich für mich und begann, nach meinem Handy zu kramen, um die Feuerwehr, Polizei, irgendjemanden anzurufen. Im gleichen Moment hörte ich einen Schrei aus der Villa und lief einfach los. Der brennende Feuerball stellte sich als der Pick-up heraus, den Thomas vor der Garage geparkt hatte, damit wir darin besser arbeiten konnten. Zwei Fenster der Villa waren eingeschlagen und die Tür stand sperrangelweit offen.

»Gabriel? Thomas?«, rief ich, als ich eintrat und sah den Hausangestellten vor der Treppe sitzen. Die rechte Hand hatte man ihm am Geländer festgebunden.

»Um Gottes willen, Thomas«, platzte es aus mir heraus.

Erschrocken hob er den Kopf und ich konnte sein schmerzverzerrtes Gesicht sehen. Beide Augen hatte man ihm blau geschlagen.

»Laufen Sie, Nadja! Bringen Sie sich in Sicherheit!«, japste er.

»Kommt nicht in Frage!«, antwortete ich bestimmt und wollte ihn befreien, doch direkt hinter mir schrie jemand:

»Halt!«

Sofort stoppte ich, drehte mich um und sah einen großen, drahtigen und vollkommen schwarz vermummten Mann. Skrupellos zielte er mit einer Pistole genau auf mein Herz. Automatisch hob ich die Hände und er lachte.

»Da ist uns ja noch etwas Hübsches ins Netz gegangen.

Vielleicht nehmen wir dich nachher noch ein Stück mit.«

»Vergiss es«, fauchte ich und wusste nicht, wo ich meinen Mut hernahm. Zugleich ertönte unter uns ein fürchterliches Grollen, das meine Aussage regelrecht unterstrich.

Scheinbar unsicher blickte der Mann um sich, als Thomas hinter mir flüsterte:

»Es sind drei. Sie haben es auf die Wertgegenstände abgesehen.«

»Und sie werden uns töten, wenn sie fertig sind«, wisperte ich. Irgendetwas musste ich mir einfallen lassen. Aber was?

»Ruhe, Schlampe«, blaffte der Vermummte. »Was war das gerade?«

»Ich weiß es nicht«, antwortet ich kalt.

Wütend stampfte er auf mich zu und stieß mich neben den Hausangestellten auf die Treppe.

»Lügnerin! Wer ist Gabriel?«, schrie er, mit der Waffe vor mir herumfuchtelnd. Offenbar hatten sie ihn noch nicht entdeckt, wo immer er sich auch aufhielt.

»D-das ist mein Zweitname«, stotterte Thomas nun neben mir, ergriff mit seiner freien Hand die meine und drückte sie fest.

»Willst du mich verarschen, Alter?«, keifte der Kerl und zielte mit der Waffe auf Thomas, der angsterfüllt die Augen zukniff.

»Bitte, lassen Sie uns frei. Wir werden nichts der Polizei sagen. Nehmen Sie alles mit, aber verschonen Sie uns!«, flehte ich den schwarz gekleideten Mann an.

Seine Mundwinkel zuckten zufrieden. »Leider kann ich dir den Gefallen nicht tun, Schätzchen. Aber wir können doch zusammen noch ein wenig Spaß haben.«

Im gleichen Moment kam ein weiterer, gedrungener Mann, einen Sack schulternd, aus einer der Seitentüren. Die Maske hatte er abgenommen und sein debiler Gesichtsausdruck sprach Bände. Ich sah, wie der große Mann die Augen rollte.

»Zieh die Maske wieder über, du Idiot!«, zischte der Vermummte und der Kleinere nestelte nervös an seiner Kapuze.

»Sorry, Mike!«

»Du!«, stocksauer fuhr sein Kollege sich über die von der Sturmmaske verdeckten Haare. Dann blickte er uns an. »Tja, jetzt muss ich euch sowieso beide um die Ecke bringen. Wir wollen ja nicht, dass einer von euch singt, wie ein Vögelchen.«

Über uns lief jemand die Treppen hinunter. Es war ein weiterer, maskierter Mann mit einem augenscheinlich schweren Sack. Fast schon vorsichtig schob er sich an mir vorbei.

»Oben ist keiner, aber da gab es zwei Geigen und eine kleine Musikanlage«, bemerkte er und deutete auf den Sack.

»Gut«, meinte der Große. »Wir verschwinden.«

Das war unser Todesurteil. Ich spürte, wie Thomas neben mir zitterte und lehnte kurz meinen Kopf an seine Schulter.

»Er kann uns nicht retten«, flüsterte er so leise, dass nur ich es hören konnte.

Gabriel? Wo war er? War das eben sein Brüllen? Jedenfalls war er nicht in seinem abgedunkelten Zimmer, sonst wäre er entdeckt worden. Hoffentlich war ihm nichts zugestoßen.

»Was machen wir mit denen?«, fragte der dümmliche Kerl.

»Steht auf!«, wies der offensichtliche Anführer uns an und band Thomas los. Mir die Waffe in den Rücken drückend, führte er uns hinaus in den Vorgarten. Ich hatte keine Ahnung, warum er uns nicht direkt in der Villa erledigte. Auf der Wiese neben der Einfahrt standen wir nun nebeneinander und ließen unsere Hände nicht los.

»Wie putzig!«, lachte der große Kerl auf, als Thomas einen Schritt nach vorne machte. »Lassen Sie sie gehen. Ich flehe sie an!«

»Nix da!«, plärrte sein Gegenüber amüsiert.

Tränen füllten meine Augen, als es in der Villa einen ohrenbetäubenden Knall gab. Die drei Einbrecher wandten sich um, was mir die Gelegenheit gab, mich auf den einzigen bewaffneten Mann zu stürzen. Ich warf mich von hinten auf ihn, klammerte mich wie ein Äffchen an ihn und versuchte, ihm die Waffe zu entreißen. Allerdings war er stärker, als ich vermutet hatte. Mit Schwung warf er mich ab und ich fiel rücklings auf das verdorrte Gras, schlug mit dem Kopf auf und sofort wurde mir schwindelig. Im gleichen Moment sah ich, wie ein ausgewachsener Bär mit lautem Gebrüll den Rahmen der Eingangstür sprengte und mit einer unglaublichen Schnelligkeit auf allen vieren auf uns zuhielt. Die zwei Lakaien ließen augenblicklich ihre Beute fallen und liefen schreiend davon. Der Boss jedoch blieb wie angewurzelt stehen, zielte auf das Tier und schoss blindlings los.

»Nein!«, schrie ich, mich verzweifelt aufrappelnd, und musste zusehen, wie der sechste und letzte Schuss den Bären mit den violetten Augen traf, gerade als dieser zum Sprung ansetzte. Mit einem Prankenhieb schlug das Tier den Mann zu Boden. Die Waffe flog in hohem Bogen fort. Er stand nicht mehr auf. Der Bär kam federnd auf der Wiese zum Stehen, blickte zurück, mir genau in die Augen und sackte schnaufend in sich zusammen. Während vor dem Tor die Reifen des Vans quietschten, lief ich stolpernd zu dem Tier, ging schlitternd in die Knie und fing seinen wuchtigen Kopf auf, bevor er auf dem Boden aufschlug.

»Gabriel, bitte nicht! Das kannst du mir nicht antun!«

Behutsam legte ich seinen Kopf auf meine Knie und strich ihm bitter weinend über die fellbedeckte Schulter. Durch meinen Handrücken quoll Blut. Er sah mich an, mit so unendlich traurigen Augen. In den Winkeln bildeten sich Tränen. Ich war so durcheinander gewesen, konnte Gefühle, die ich zuvor nie empfand, nicht zuordnen. Doch jetzt, wo ich begann, mich auf andere Sinne zu verlassen, war für mich auf einmal alles so klar. Es war mir gleichgültig, wie der Mann vor mir aussah oder ob er sich nachts in einen Bären verwandelte und die Dürre durch die Ländereien trieb.

»Ich verbringe den Rest meines Lebens in der Dunkelheit bei dir. Nur verlass mich jetzt nicht. Ich ... ich ... verstehe es zwar nicht, aber ich liebe dich!«, schluchzte ich, mein Gesicht in sein Fell vergrabend. Ich weinte so sehr, wie ich es seit Monaten nicht mehr getan hatte.

Ein leises Grummeln kam als Antwort. Ein Zischen unter mir, wie Wasser auf einer heißen Herdplatte, ließ mich verwirrt aufschauen.

Der flach atmende, fast leblose Bärenkörper wurde so heiß,

dass ich Kopf und Hände zurückzog. Mir die Augen fassungslos wischend, blickte ich auf die Wunde des Bären, aus der eine kleine, pechschwarze Wolke stieg. Der Kopf auf meinen Beinen wurde leichter, Fell zog sich zurück und wich heller Haut, die ewig keine Sonne mehr gesehen hatte. Vor meinen Augen verwandelte sich der Bär in den Mann, den ich noch nie zu Gesicht bekommen hatte.

»Das ist nicht möglich!«, japste Thomas, der neben mich getreten und in die Hocke gegangen war. »Der Fluch!«

Ich bekam kein Wort heraus, war fasziniert von dem Geschehen. Gebannt starrte ich auf seinen nackten Rücken, bis die Bärengestalt sich schließlich vollkommen zurückgezogen hatte. Der schwarze Dampf versiegte, verschwand dann gänzlich und die Wunde schloss sich Millimeter für Millimeter, bis nur noch eine kleine Narbe davon zu sehen war.

»Gabriel?«

Behutsam strich ich ihm über das kurze, schwarze Haar, blickte seitlich in sein von einer Narbe gezeichnetes Gesicht bis in die geschlossenen Augen. Für einen Moment dachte ich, er wäre tot, doch dann bäumte er sich auf, begann zu husten und zu röcheln.

Es war das erste Mal, dass mich ein solches Geräusch derart glücklich machte.

»Er lebt, oh Gott sei Dank, er lebt!«, rief Thomas und ich lachte. Erleichtert rappelte ich mich auf und stellte mich mühsam auf die Beine, als der Hausangestellte sein Jackett auszog, um die Blöße seines Herrn zu bedecken. Thomas half ihm auf die Beine, während er völlig entgeistert an sich hinunter schaute. Dann wanderte sein Blick zu mir. Es war eigenartig, doch genau so hatte ich ihn mir vorgestellt, als meine Finger sein Gesicht erforscht hatten. Seine Augen waren so unglaublich anziehend, dass ich mich seinem Blick kaum entziehen konnte. Über das rechte Auge verlief die Narbe eines Schnittes die Wange hinunter. Die Lippen, die Nase, der Oberkörper – es war, als würde ich ihn schon ewig kennen.

Er grinste, als er bemerkte, dass ich ihn verträumt anstarrte, und machte ohne Vorwarnung einen Satz nach vorne. Thomas kam nicht mehr hinterher, das Jackett flog fort, doch das war Gabriel egal, als er meinen Hals umschlang und mich küsste. Ich klammerte mich an ihn, schmolz in seinen Armen dahin. Als er den Kuss unterbrach, wollte ich fast trotzig jammern, wie ein

Kind, dem die Eiswaffel gestohlen wurde.

In seinen Augenwinkeln bildeten sich Lachfältchen, als er mich ansah.

»Und ich liebe dich!«, flüsterte er, mir zärtlich eine Haarsträhne aus dem Gesicht streichend.

Noch nie fühlte ich mich so glücklich. Neben mir sah ich den Körper des Bandenchefs liegen.

»Du hast mir das Leben gerettet«, wisperte ich und er lachte leise auf.

»Wenn du wüsstest, was du alles für mich getan hast.«

»Ähm, ich möchte Sie ja nur ungern unterbrechen«, räusperte Thomas sich und deutete in den Wald, wo Blaulicht schwach leuchtete. Sirenen waren leise zu hören. »Gehen wir rein. Ich weiß nämlich nicht, wie ich Ihre Nacktheit erklären soll, Herr Moreau«, meinte er betreten.

Gabriel blickte an sich herunter und begann zu lachen, so herzlich, dass es ansteckend war. Wieder schlang sein Freund ihm das Jackett um die Hüften, als wir gemeinsam ins Haus liefen und auf die Einsatzkräfte, die meine Mutter gerufen hatte, warteten.

Für das Protokoll:

Niemand konnte sich erklären, wie der Mann in Moreaus Vorgarten genau zu Tode kam. Laut Aussage der zur Tatzeit auf dem Anwesen befindlichen Zeugen hatten der Tote und seine zwei Komplizen, die man am Tag darauf im Nachbarort festnehmen konnte, die Villa als Ziel eines nächtlichen Einbruchs ausgewählt. Es wurde mit besonderer Brutalität vorgegangen, unter anderem wurde auch ein Wagen angezündet und man hatte mehrere Scheiben eingeschlagen. Tor und Eingangstür wurden gewaltsam aus den Angeln gerissen, um sich Zugang zu verschaffen. Eine solche Art von zerstörerischem Vandalismus war den Beamten zuvor noch nie unter die Augen gekommen. Nachdem die Täter den Hausherrn, seine Verlobte – der Teil gefiel mir besonders – und seinen Bediensteten überrascht und mit Waffengewalt in Schach gehalten hatten, verstauten sie alle tragbaren Wertsachen in Säcke. Dann führten sie ihre Geiseln in den Vorgarten, wo sie diese exekutieren wollten, um das Risiko, von einem von ihnen wiedererkannt zu werden, zu vermeiden. Plötzlich kam ein großes Tier aus dem Gebüsch und schlug den Anführer nieder, während die anderen zwei Einbrecher flüchten konnten. Daraufhin lief das Tier in Richtung Wald davon. Niemand glaubte den zwei jungen Mittätern eine andere Geschichte. Schon gar nicht, wenn es darum ging, dass das Monster aus der Villa kam und es eine dritte Geisel gar nicht gab. Schnell wurde die Suche nach dem unbekannten Tier eingestellt.

Es war einmal ein adeliger Jüngling, der in einen Unfall verwickelt war, welcher eine junge Frau das Leben kostete. Ihren Tod hatte er nicht zu verantworten, doch die Großmutter dieser Frau, eine angesehene Hexe des zwanzigsten Jahrhunderts, interessierte es nicht, als sie auf dem Sterbebett einen Fluch gegen den Jüngling aussprach. Fortan änderte er jede Nacht seine Gestalt in die eines Bären und auch das Tageslicht konnte ihn jederzeit wandeln lassen. Bewusst wählte sie die Gestalt des Wappentiers seiner Familie, um ihn zu verhöhnen. Nie wieder sollte er als Mensch etwas Schönes zu Gesicht bekommen, nie wieder den Duft der Blumen in die Lunge ziehen oder barfuß über saftiges Gras laufen können. Seine Familie verbannte ihn aus Angst vor seiner Bärengestalt aus dem Schloss und schickte ihn tief in den Wald in ein Haus, das ihr gehörte. Nur Thomas, dem er immer ein guter Freund war, schwor, ihm niemals von der Seite zu weichen. Der Fluch der alten Hexe war so mächtig, dass alles auf dem Grundstück der Villa verdorrte und nicht einmal mehr ein Grashalm wuchs. Jeden Abend schloss der Gepeinigte sich in einen Käfig im Keller ein, um als Tier nicht allzu großen Schaden anzurichten. Als eine völlig durchnässte und bis an die Kniekehlen schlammbedeckte junge Frau an seinem Tor klingelte, ahnte er noch nicht, dass jemals ein Mensch in der Lage war, ihn zu retten, ohne sein Äußeres zu kennen. Seit er sie das erste Mal sah, begann er, von ihr zu träumen. War es ihr egal, dass er zum Bären mutierte? Gab es noch einen Menschen, dem die äußerlichen Dinge gleichgültig waren? Es gab ihn, vielmehr sie. Sie war eine unermüdliche, hartnäckige, manchmal freche und teilweise sogar etwas penetrante Person, die immer fröhlich war und im Garten wütete, wie eine fleißige Biene. Sie schaffte es sogar, eine des Nachts verdorrte Pflanze wieder erblühen zu lassen. Als sie sich in Gefahr befand, konnten ihn nicht einmal die Gitterstäbe im Keller davon abhalten, zu ihr zu gelangen. In seinen Träumen gewann er ihr Herz und schließlich war sie in der Lage, den

Fluch zu zerstören. Gegen die Macht der Liebe konnte noch nicht einmal die alte Hexe etwas ausrichten. So lebten beide glücklich bis ans Ende ihrer Tage.

Schmunzelnd schlug ich Thomas Notizbuch zu. Hartnäckig, frech und penetrant, hm? Irgendwann würde ich diesem alten Schelm einen Streich spielen. Aber eins musste man ihm lassen – er konnte gute Geschichten schreiben. Gerade war er beim Einkaufen, zusammen mit meiner Mutter. Gabriel hatte sie zu uns geholt, während er unser Haus renovieren ließ. Ich wollte seine finanzielle Hilfe zwar nicht, doch er bestand darauf.

Mich streckend, räumte ich das Notizbuch ins Regal und trat durch die Terrassentür hinaus. Im Garten grub ein verboten gut aussehender Mann mit braun gebranntem, nacktem Oberkörper ein Loch für den Wurzelballen eines prächtig blühenden Jasminstrauchs. Als er sah, dass ich ihn beobachtete, hörte er auf, stützte sich, den Schweiß von der Stirn wischend, auf den Schaufelgriff und sah mich grinsend an.

»Na, Madame Moreau? Wollen Sie mir nicht ein wenig helfen?«

Lachend trat ich hinaus auf die tiefgrüne Wiese. »Lieber nicht, Monsieur Moreau. Sie sehen einfach zu sexy aus, wenn Sie die Schaufel schwingen«, grinste ich, als er das Gartengerät einfach fallen ließ, um mich zu packen und mir mit einem Kuss fast den Verstand zu rauben.

Der duftende Jasminstrauch ist für dich, Papa. Damit du von dort oben immer deine Tochter finden wirst und sehen kannst, wie dankbar sie dir ist und wie glücklich du sie damals mit deinem Unwetter zur rechten Zeit gemacht hast.

INNEHALTEN

Wenn es einen Menschen in meinem Leben gab, den man als wandelndes Lexikon bezeichnen konnte, so war es mein Opa Rolf. Eigentlich waren wir nicht einmal verwandt. Ich war vier Jahre alt, als meine Mutter und ich in ein kleines Dorf zogen und neben uns wohnte ein alter, alleinstehender Mann. Meine eigenen Großeltern durfte ich nie kennenlernen und ich war alleine, hatte keine Freunde. Damals, so wurde es mir erzählt, war ich einfach zu dem griesgrämigen und missmutigen Mann gegangen und hatte ihm mit meiner kindlichen Unbedarftheit verkündet, dass er jetzt mein Opa wäre. Man konnte denken, er hätte mich polternd aus seinem Vorgarten geworfen, doch so war es keinesfalls. Vielmehr war es das erste Mal, dass seine unvollständigen Zähne hervorblitzten, und zwar durch ein breites, ehrliches Lächeln.

Von Opa Rolf hatte ich alles gelernt, was ich brauchte. Während meine Mutter froh war, wenn ich ihr nicht im Weg herumlief, brachte er mir mit Engelsgeduld das Rechnen und Lesen bei. Wir streiften zusammen durch Wälder und beobachteten Pflanzen und Tiere. Opa Rolf war früher Förster und das war sein Steckenpferd, obwohl er schon lange nicht mehr arbeitete. Ich war immer so stolz, wenn mich jemand fragte, ob ich meinen Großvater dabei hatte, dass ich mit umherfliegenden Locken hastig nickte. Er lehrte mich, mit offenen Augen durch die Welt zu gehen und mir dabei keinen Sand hineinstreuen zu lassen. Wer die Dinge unvoreingenommen betrachtete, auf die eigene innere Stimme hörte und andere Lebewesen und die Natur achtete, der konnte auch selbst ein glückliches Leben führen. Den Blick sollte man sich niemals von einer subjektiven Sicht trüben lassen, ohne zu hinterfragen und niemals über Zeiten urteilen, die man nicht selbst miterlebt hatte. Opa Rolf hatte selbst einen Krieg überlebt, den ich mir in seiner Grausamkeit nicht vorzustellen vermochte. Er erzählte oft von früher und ich begriff heute wie auch mit zehn Jahren nicht, wieso Menschen solch furchtbare Dinge taten. Der Mensch war von einer auffallend selbstzerstörerischen Art und das konnte mir selbst mein Opa nicht erklären.

Ich erinnerte mich noch, als wir in der Schule Referate über die persönlichen Helden halten sollten. Damals bereitete ich in Kleinstarbeit ein Portrait vor, mit Plakat, gesammelten Geschichten und Quellenangaben. Die Interessen der Anderen waren breit gefächert. Von Stephen Hawking über Einstein bis hin zu fiktiven Charakteren wie Superman waren einige Idole dabei. Und ich wurde von ihnen ausgelacht, weil mein Vorbild nur ein einfacher Opa war. Jemand, der in ihren Augen nichts Besonderes war. Oh, wenn sie mir nur zugehört hätten. Nicht einmal meine Lehrerin hielt dies für nötig.

Mein sechzehnter Geburtstag war der schlimmste Tag meines Lebens. An diesem Tag ging mein geliebter Opa von uns. Er wurde neunzig Jahre alt und schlief in meinem Beisein einfach ein. Mit dem gleichen glücklichen Lächeln, das er mir zum ersten Mal schenkte, als ich vier Jahre alt war. Mit ihm ging ein Stück Zeitgeschichte, ein Stück Weltverständnis und ein großes Stück von mir. Er fehlte mir so sehr, dass ich mich in meiner unendlichen Trauer in einen Sog ziehen ließ, in den ich nie geraten wollte. Ich schloss die Augen und schwamm mit der blinden und tauben Menge. Die Schule beendete ich als notwendiges Übel und erlernte einen Beruf, den ich abgrundtief verabscheute. Weil man es von mir verlangte. Ich hörte auf die Stimme der Menge und nickte immer brav, diskutierte über Dinge, die so belanglos waren, während ich das Wichtige nicht zu nah an mich herantreten ließ. Weil man es von mir verlangte. Und ich hinterfragte nicht mehr, ließ die Dinge geschehen und klammerte mich an das bisschen Wahrheit, das nach etlichen Filterungen noch übrig blieb. Wenn es überhaupt die Wahrheit war. Meine Mutter war froh, als ich endlich das Haus verließ.

Vollkommen alleine umgab ich mich mit Menschen, denen ich nur angenehm war, wenn ich ihnen einen Vorteil brachte. Urplötzlich wurde mir das alles bewusst. Es versetzte mir einen heftigen Schlag in die Magengegend. Ich wachte auf. Wie das passierte?

Beim Aufräumen in meiner kleinen Bude fiel einfach etwas aus einem alten Naturkundebuch, das ich schon ewig hatte. Ich hob das alte Foto auf und blickte direkt in die enttäuschten Augen von Opa Rolf. Für einen Moment hielt ich die Luft an und ging in die Knie, atmete tief durch und drückte das Foto fest an mich. All der Sand fiel mir aus den Augen und die dicken um mein Herz geschlungenen Ketten sprangen ab, wie morsche Seile.

»Entschuldige, Opa«, flüsterte ich und spürte, wie mir Tränen die Wangen hinunterliefen.

Atemzug für Atemzug befreite ich mich aus meinem Panzer und alle Erinnerungen kamen zurück. Die schönen Erinnerungen, die all die Zeit verschüttet waren. Ich war von meinem Weg abgekommen und gerade fand ich ihn wieder. Er war plötzlich wieder hell erleuchtet und lud ein zum Verweilen. Zwar war er kurvig und steinig, nicht gerade, wie all die anderen Wege, doch er machte mich glücklich.

Das Klingeln meines Telefons riss mich aus meinen Gedanken, ich eilte zum Tisch und hob ab. In der anderen Hand hielt ich das Foto fest, wie einen Schatz.

»Hallo, bin ich verbunden mit Tina? Tina Meyer?«, hörte ich eine junge männliche Stimme sprechen und bejahte seine Frage zögerlich, hörte ihn offenbar erleichtert auflachen. »Warst du auf der Mozartschule? Kann es sein, dass wir in der gleichen Klasse waren? Das war zweitausendelf, neunte Klasse. Ich bin der Alex, der mit der peinlichen blauen Strähne im Haar. Gott bewahre, die hab ich jetzt nicht mehr.«

Grundgütiger, ich erinnerte mich an ihn. Und ich war damals furchtbar in ihn verknallt. Er war immer so nett zu mir, doch nach der neunten Klasse war seine Familie weit weggezogen und ich dachte, ich würde ihn nie wieder sehen.

»Ich bin hier neu zugezogen und suche jemanden, der mir die Gegend ein bisschen zeigen könnte«, fuhr er fort. »Und dein Name ist mir sofort im Telefonbuch aufgefallen. Da dachte ich mir, dass es ein großer Zufall wäre, wenn du es wirklich bist, doch ich wollte es einfach mal versuchen.«

Ich bestätigte ihm, dass ich die Tina mit der dicken, braunen Hornbrille war, die ich mittlerweile selbstverständlich auch nicht mehr tragen würde und er lachte mit mir. So lange hatte ich nicht mehr derart ausgelassen gelacht. Ich verabredete mich mit ihm am Stadtbrunnen auf einen Kaffee und fühlte zugleich, wie das Leben langsam in mich zurückfloss. Tief durchatmend legte ich auf und bemerkte, dass ich das Foto noch immer an mich drückte. Ich nahm es hoch und schaute es genau an. Lächelte er schon eben darauf?

»Ach Opa, ich hab es irgendwie vermasselt«, schnaufte ich und schlagartig musste ich an seine Worte denken, als wir damals zusammen auf der Veranda saßen und den Wolken zuschauten. Es ist nie zu spät, innezuhalten und zu den Wurzeln zurückzufinden, die auf den richtigen Weg führen. Jedes Schiff ist mal auf einer Irrfahrt. Das ist nicht schlimm, solange irgendwo ein Leuchtturm ist, der es von den Klippen fernhält. Danke, Opa.

DIE WEGE DER BOHNE SIND UNERGRÜNDLICH

»Der Kaffee ist schon wieder alle«, krächzte Dirk und trat bedrohlich mit erhobenem Zeigefinger auf mich zu, was mich jedoch in keinster Weise beeindruckte und ihn anscheinend nur noch zorniger machte. »Säufst du den? Ich ziehe dir drei Pakete vom nächsten Lohn ab!«

»Von welchem Lohn?«, entgegnete ich so ruhig, dass er fast vor Wut durch die Decke zu schießen schien, dann jedoch kehrtmachte und knurrend in sein Büro stampfte. Ich wusste doch auch nicht, wo der Kaffee in letzter Zeit hinkam.

Dirk war eine imposante Erscheinung. Mit knapp einssechzig konnte man ihn schon einmal mit einem Giftzwerg verwechseln. Als sie nicht mehr da war, änderte er sich von einem mäßig netten Menschen zu einem Kotzbrocken par excellence. Sein schlaksiges Äußeres hatte er in einen zu großen Anzug gewickelt, was den Anschein erweckte, er sei ein Konfirmand, der noch hineinwachsen würde. Sein zerfurchtes Gesicht jedoch verriet, dass Dirk sich schon weit jenseits der Fünfzig befand. Ich wusste nicht, was Tante Karla damals an ihm fand. Bevor sie ihn kennen lernte, war sie zehn Jahre ohne Partner und irgendwie hatte er sie so umgarnt, dass sie ihm vollstes Vertrauen schenkte und es nie akzeptierte, wenn jemand etwas Nachteiliges über ihn sagte. Vor zwei Jahren, als sie von uns ging, vererbte sie ihm diesen Fußpflegesalon, weil er diesen Berufszweig zu ihren Lebzeiten auch für seine Berufung hielt, zumindest sagte er dies immer. Seitdem glich er finanziell eher einem schwarzen Loch. Ich sah jeden Gast nur ein bis zwei Mal. Auch, wenn Dirk offenbar dachte, er sei gut in dem was er tat, waren seine Kunden scheinbar noch lange nicht der gleichen Meinung. Und ich hatte das immer stärkere Gefühl, dass ihm absolut nichts an dem Salon lag. Nachmittags arbeitete ich dort schon seit einigen Jahren als Empfangsdame. Damals tat ich es, um Tante Karla zu entlasten. Mein Gehalt erhielt ich seit Dirks Übernahme immer mal wieder stückchenweise aus der Kasse, was zur Folge hatte, dass ich mittlerweile über tausend Euro aus Rückständen zu bekommen hatte. Nun könnte man meinen, ich wäre dämlich, dort zu bleiben oder habe eine selbstzerstörerische Ader. Tatsächlich war ich nur noch hier, weil es der letzte Wunsch meiner Tante war, den damals super laufenden Salon und damit ihr Lebenswerk am Leben zu erhalten. Ich wollte einfach ihren letzten Willen ehren, wenn ich aber ehrlich war, wusste ich nicht, wie lange man das alles hier noch aufrechterhalten konnte. Selbst hatte ich nie ein Händchen für diesen Beruf, jedoch dachte ich mir, dass ich auf meine Weise helfen könnte. Wenn Tante Karla wüsste, was hier passierte, würde sie sich im Grabe umdrehen.

Gegen halb vier verschwand Dirk einfach aus dem Salon. Fast jeden Nachmittag ging er so früh und dann zog er von einem Club zum nächsten. Ich wusste nicht, wie er das finanziell bewerkstelligte, aber es ging mich ja auch nichts an. Jedenfalls bedeutete das wohl, dass ich den Salon auch heute schließen und den Kassenabschluss machen sollte. Es würde nicht lange dauern, denn heute hatte ich lediglich eine Hand voll Kosmetikprodukte verkauft. Es reichte nicht einmal, um die letzte Rechnung zu begleichen. Resignierend ließ ich mich auf dem Stuhl hinter meinem Empfangstresen nieder.

Meine Hand griff nach einem Buch, das ich momentan las und ich schlug es seufzend auf, da vernahm ich plötzlich ein leises Klacken. Als ob eine Schokolinse unweit von mir auf den Parkettboden fallen würde. Mit einem Stirnrunzeln schüttelte ich für mich den Kopf und suchte nach der Zeile, in der ich zuletzt las, doch das eigenartige Geräusch wiederholte sich noch einmal. Es kam aus der Ruheecke, aber dort gab es absolut nichts, dass ein solches Geräusch verursachen konnte. Da stand ein Sofa mit einem Glastisch und daneben war ein Kaffeevollautomat auf einem hübsch gedrechselten Beistelltisch. Meine Tante hatte ein Gespür für Inneneinrichtung, es sah angenehm wohnlich in der Ecke aus. Vielleicht hatten wir Mäuse im Salon, möglich war es.

Neugierig stand ich auf und schlich hinter meinem Tresen hervor, darauf bedacht, keine Geräusche zu verursachen. Ich tapste hinter das Bücherregal, das die Ecke vom Lager links daneben trennte und bemerkte beiläufig eine Kaffeebohne, die unter dem Glastisch lag. Vorsichtig blinzelte ich hinter dem Regal hervor und traute zugleich meinen Augen nicht. Es war keine Maus, aber so weit weg war ich mit meiner Vermutung auch nicht. Mir war bekannt, dass in dem alten, gammeligen Kaffeeautomaten seit einigen Wochen eine Spinne lebte und das hatte mich nicht gestört. Gerade aber hob sie offenbar mit aller Kraft den Plastikdeckel des Geräts an und ich meinte sogar, sie dabei leise keuchen zu hören. Bestimmt bildete ich mir das aber nur ein. Es musste schwer für sie sein, dachte ich gerade, als der Spalt groß genug war und sie in den Bohnenbehälter schlüpfte. Mit offenem Mund beobachtete ich, wie der Deckel sich Sekunden später wieder anhob, eine Kaffeebohne hinausfiel und sich klackend auf dem Boden neben einige ihrer Konsorten gesellte. Es folgte die Spinne, welche ihrerseits elegant vom Automaten hinuntersprang und sich abseilte. Unten angekommen, nahm sie eine Bohne huckepack und lief in meine Richtung los. Ich brauchte einige Sekunden, schob mich, noch immer vollkommen baff, weiter hinter das Regal und hielt mir mit einer Hand den Mund zu, um ja keinen Mucks zu machen. Gespannt schaute ich zu, wie die Spinne an mir vorbeizog und mich offensichtlich nicht bemerkte. So verschwand also der Kaffee aus der Maschine. Langsam, aber stetig. Aber wie sollte ich das erklären? Wer würde mir das glauben? Und wo gingen die ganzen Bohnen überhaupt hin? Letzteres wollte ich jetzt sofort herausfinden.

Mit ausreichendem Abstand, gerade so, dass ich sie noch sehen konnte, folgte ich der Spinne hinter die Verkaufsregale heimlich ins Lager. Ich sah, wie sie auf die Kellertür zusteuerte und alsbald samt Bohne darunter hindurchschlüpfte.

Verdammt, was jetzt? Wenn ich die Tür öffnen würde, fiele meine Verfolgung sofort auf. Außerdem mochte ich den riesigen Keller nicht. Er schien mir wie ein endloser, stockdunkler Irrgarten aus früheren Zeiten zu sein. Aber ich wollte unbedingt wissen, was hier los war. Folglich hatte ich keine Wahl.

Rasch lief ich zur Ladentür, schloss sie ab, um keinen ungebetenen Besuch zu haben, wenn ich wieder aus dem Keller hinaufkam, und hastete zurück zur Kellertür. Kurz und schmerzlos riss ich sie auf, Licht drang die Kellertreppe hinunter und die Spinne, die es gerade auf die dritte Treppe herab geschafft hatte, blieb abrupt stehen und drehte sich dramatisch langsam um. Sie kam mir eigentlich immer kleiner vor, aber nun würde ich sagen, dass sie doch eine stattlich große Winkelspinne war. Ich stand einfach nur da und sah zu, wie sie mich anstarrte und offenbar vor Angst zitternd und wie paralysiert die Bohne fallen ließ. Und in dem Moment tat sie mir wirklich leid. Befürchtend, dass sie jeden Moment die Flucht ergreifen würde, hob ich beschwichtigend die Hände und flüsterte schon fast:

»Keine Angst, ich würde dir niemals etwas tun.«

Ich sprach mit einer Spinne. Eigentlich war das gar nicht so ungewöhnlich für mich. Viele, die mich kannten, hielten mich für eigenartig, weil ich mit allen Tieren sprach und jede Fliege zu retten versuchte, sie in einem Glas hinausbrachte. Aber ernsthaft zu denken, dass die Tiere mich verstanden, war vielleicht etwas zu gewagt. Zu meiner Verwunderung schien sich die Spinne jedoch zu entspannen. Das alles hier kam mir mittlerweile wie ein Traum vor. Als sei ich hinter meinem Tresen eingeschlafen. Und wenn schon, ich ließ mich darauf ein.

»Wohin bringst du die Bohne?«, fragte ich und sah, wie die Spinne sich in Richtung Keller drehte und mit einem ihrer acht Beinchen hineindeutete. Dann sah sie mich wieder an. Sie verstand mich wirklich.

Sofort entgegnete ich: »Es tut mir leid, wenn ich dir einen Schrecken eingejagt habe. Kann ich dir helfen?«

Mein Gegenüber schien zu überlegen. Dann streckte es mir

vier der Beinchen entgegen.

»Möchtest du auf meine Hand klettern?«

Das wollte es. Also nahm ich die Spinne auf meine rechte Handfläche, nahm die Bohne in die linke Hand und trat langsam die Stufen hinunter. Aufmerksam beobachtete ich, wie das Tierchen mich durch die Gänge des Kellers lotste. Weitere Spinnen mit Bohnen im Gepäck begegneten mir und anscheinend kommunizierte die Spinne auf meiner Hand mit ihnen. Schließlich hatte ich rund zwei Dutzend Spinnen auf mir. Sie saßen meinen Ärmel hinauf bis in meine Armbeuge. Ihr Gepäck hatte ich in der Tasche meines Sweaters. Schon von weitem sah ich am Ende des langen Ganges ein Licht, dass sich eindeutig von den Kellerlampen abhob. Es kam unter einer Tür hindurch.

»Da müssen wir hinein?«, fragte ich das Gewusel auf meinem rechten Arm und sah ein aufgeregtes Beinchenwedeln. Das sollte wohl ja heißen. Ich trat an die Tür, griff nach der Klinke und drückte sie hinunter. Zu meiner Verwunderung war sie nicht verschlossen. Langsam öffnete ich sie und kniff die Augen zusammen. Das Licht war so hell, dass ich mich zuerst daran gewöhnen musste. Eindeutig war das nicht nur ein normales Deckenlicht, das jemand beim Verlassen des Kellers vergessen hatte. Vorsichtig trat ich in den vollgestellten Raum und konnte die Lichtquelle zuerst nicht ausmachen, doch hinter einem Regal sah ich etwas, dass sich bewegte und ebenfalls, aber schwacher zu leuchten schien. Schlagartig seilten sich alle Spinnen von mir ab und krabbelten in Richtung des sich bewegenden Geschöpfs.

»Warum habt ihr sie denn hergebracht? Sie soll mich doch nicht sehen«, hörte ich eine männliche Stimme aufgeregt flüstern. Dann sprach sie etwas entspannter: »Nein, ist schon gut. Ihr habt das gut gemacht. Und Karla sagte doch, dass sie ein gutes Herz hat. Wir müssen ihr und dem Mädchen helfen. Das muss wieder in Ordnung kommen.«

Moment mal. Karla? Das war der Name meiner Tante. Das konnte kein Zufall sein!

»Wer ist da?«, fragte ich mit so viel Sicherheit in der Stimme, wie es nur ging. In Wahrheit hatte ich eine ziemliche Angst vor dem, was da kam. Sofort antwortete die Stimme:

»Warte einen Moment, ich muss etwas tun.«

»O-okay«, entgegnete ich unsicher und sah schließlich, wie eine menschliche Gestalt hinter dem Regal hervorkam. Wobei so richtig menschlich konnte sie nicht sein, denn sie strahlte doch recht hell, wie auch die Lichtquelle, die ich nun in der anderen Ecke orten konnte. Es war ein junger, blonder Mann und er schenkte mir ein freundliches Lächeln. Seine Kleidung schaute aus, als käme er aus einem anderen Jahrhundert.

Er bemerkte wohl, dass ich ihn ungläubig anstarrte und meinte:

»Entschuldigung, ich bin etwas ungeschickt in der Wahl meines Äußeren. Aus der Übung könnte man sagen.«

Im Augenwinkel sah ich einen kleinen Hügel Kaffeebohnen und bemerkte gleichzeitig, wie der Mann einen Schritt auf mich zumachte. Ich wich erschrocken zurück und starrte ihn ängstlich an.

»Was ist hier los? Wer sind Sie? Und woher kannten Sie meine Tante?«

»Bitte lauf nicht weg, ich muss mit dir reden«, entgegnete er. »Ich habe es ihr versprochen.«

Er deutete auf einen von zwei Stühlen und ich setzte mich, umgeben von sehr vielen Spinnen, was mich mittlerweile gar nicht mehr verwunderte. Warum ich mich dort niederließ? Ich wollte Antworten und mein Gefühl sagte mir, dass er nicht gefährlich war und sie mir geben konnte. Sichtlich erleichtert setzte er sich auf den Stuhl, der mir gegenüberstand und ich sah ihn eindringlich an.

»Wer sind Sie und woher kannten Sie meine Tante?«, platzte es erneut aus mir heraus. »Ich wüsste nicht, dass sie je von Ihnen erzählt hätte.« Und sie sprach viel mit mir, über alles und jeden.

»Eigentlich habe ich noch vor einigen Tagen mit ihr gesprochen«, lächelte der Mann etwas verlegen und ich schüttelte sofort energisch den Kopf.

»Sie lügen. Meine Tante ist vor zwei Jahren gestorben.«

»Ich weiß«, entgegnete er. »Kurz darauf habe ich sie kennengelernt.«

Nun war ich vollkommen durcheinander. Tränen traten in meine Augen.

»Lass es mich erklären«, meinte der gelblich scheinende junge Mann und was sollte ich auch anders tun? Es tat weh, die ganze Zeit über tat es weh, dass Tante Karla nicht mehr da war und ich versuchte irgendwie, meinen Alltag zu bewältigen, aber nichts gelang mir so richtig.

Als ob der Mann meine Gedanken lesen könnte, entgegnete er: »Sie ist nicht fort, das sowieso nicht. Ja, sie sollte an einem schöneren Ort sein, aber sie hängt fest.«

Wie, sie hängt fest? Ich blickte hoch, ihm in die Augen.

»Nicht weinen«, lächelte er und reichte mir ein Taschentuch. Er strahlte Wärme aus, das bemerkte ich vor lauter Verwirrung erst jetzt. Langsam und behutsam erklärte er mir, was er meinte. Es war etwas, dass die Lebenden nicht wüssten und auch nicht wissen sollten. Und ich würde es auch wieder vergessen, wenn das alles vorbei war, sagte er mir. Tante Karla war in einer Art Zwischenstation. Nicht ihr Körper, vielmehr alles andere, was sie ausmachte. Der junge Mann, der mir seinen Namen nicht verraten wollte, war dort eine Art Pförtner. Türsteher nannte er sich, was mir ein Lächeln entlockte und das freute ihn anscheinend sehr. Es sei etwas schiefgelaufen, meinte er und Karla könnte nicht weiterwandern in ihren Frieden. Sie unterhielt sich viel mit dem Mann, da sie ja bei ihm feststeckte und so erfuhr er, dass ich unglücklich war, denn sie konnte es alles sehen.

»Sie sieht mich?«, fragte ich und unterbrach ihn damit abrupt.

Er schmunzelte. »Ja, sie wacht jeden Tag über dich, aber sie kann dir nicht helfen und das macht sie so traurig, dass sie nicht weiterwandern kann. Also versprach ich ihr, dass ich dir helfe und dabei hatte ich einen kleinen Unfall.«

Er deutete auf die Ecke, in der die Lichtquelle war und ich stand auf, um nachzusehen. Hinter einigen Schränkchen und Regalen sah ich einen kleinen, leuchtenden Strudel im Boden. Er hatte kaum den Umfang eines Medizinballs.

»Das ist eine Art Portal, durch das ich gefallen bin. Ich wollte dir ein Zeichen geben, aber irgendwie bin ich hindurchgefallen und hier gelandet. Dann ist es so geschrumpft. Es war deutlich größer. So passe ich nicht hindurch. Meine kleinen Freunde hast du ja schon kennen gelernt. Sie brachten mir alles Mögliche, um zu versuchen, es mit dessen Energie wieder zu weiten. Leider kann ich selbst hier nicht weg, sonst schließt sich das Portal komplett und ich muss für alle Ewigkeit auf Erden wandeln. Und man braucht mich doch dort, in der Zwischenwelt. Schließlich fanden wir heraus, dass Kaffee hilft.«

Er nahm eine Handvoll Bohnen vom Boden und warf sie hinein in das Portal. Und tatsächlich weitete es sich ein kleines bisschen, aber es war kaum nennenswert.

»Du brauchst mehr«, sagte ich, gebannt auf das Portal schauend und blickte dann ihn an. »Ich kann dir glaube ich genug bringen, damit du zurück in deine Welt kannst.« Sein Gesichtsausdruck wurde weich, er lächelte mich an.

»Sie hat recht, du hast ein gutes Herz. Du kennst mich gar nicht und willst mir helfen, ohne eine Gegenleistung zu erwarten.«

»Aber ich kenne dich doch, du bist der Türsteher«, sagte ich, sein Lächeln erwidernd. Er lachte. Und außerdem schien er meine Gedanken abermals zu kennen. Das Gefühl der Freude, dass Tante Karla die ganze Zeit da war und ist. Dass sie mich sehen konnte und mich vielleicht auch immer dann hörte, wenn ich zu ihr sprach, ihr alles erzählte. Meine schönen Erlebnisse und auch meine Sorgen.

»Und das wird sie auch noch können, wenn sie weiterzieht«, sagt der Mann. »Sie wird immer über dich wachen.«

»Wie kann ich ihr helfen, weiterzuziehen? Was soll ich tun?«, fragte ich sofort. Ich fürchtete, an der Situation hier im Salon nichts ändern zu können. Und dann erfuhr ich etwas, das ich so nicht erwartet hatte.

Einige Wochen vor ihrem Tod erfuhr Tante Karla, dass Dirk sie hinterging. Während sie aufgrund ihrer Krankheit nicht mehr arbeiten konnte, schaffte er klammheimlich jeden Cent beiseite, den er irgendwie ergattern konnte. Am Salon lag ihm nichts, aber an den Konten, die er leerräumte. Er schien ihn auch heute nur noch als Alibi zu führen, damit niemand merkte, was er getan hatte, denn Tante Karla war eine beliebte und angesehene Frau in der Stadt. Leben konnte er von dem erbeuteten Geld wie die Made im Speck. Als Karla all diese Dinge erfuhr, wollte sie gar nicht mehr, dass er den Laden übernahm. Es gab ein letztes Testament, das alles ändern würde und das war versteckt, damit Dirk nicht herankam. Karla wollte mir verraten, wo es war, doch dann kam alles anders. Als ich erfuhr, was Dirk getan hatte, um dies zu verhindern, durchfuhr mich eine unglaubliche Wut. Und ich würde alles tun, um ihn zur Rechenschaft zu ziehen.

»Halte deinen Zorn zurück, mein Kind«, sagte der Mann. »Mache dich nicht unglücklich, das würde sie auch nicht wollen. Geh hinaus und finde das Testament. Alles andere wird sich regeln.«

Und ich tat, was er sagte. Noch am gleichen Abend untersuchte ich ein Gemälde, das Tante Karla mir vererbt hatte und das in meinem Schlafzimmer hing. Ich nahm die Spanplatte auf der Rückseite vorsichtig ab, wie der Türsteher es mir geraten hatte und tatsächlich kam ein Briefumschlag zum Vorschein. Es war ein Testament, das sie eine Woche vor ihrem Tod geschrieben und unterschrieben hatte und es offenbarte mir eine Wahrheit, die mich weinen ließ. Vor Traurigkeit, weil Tante Karla offenbar zwei Jahre lang von da oben aus – und ich sage es bewusst so, weil ich es mir selbst so vorstelle – mit ansehen musste, wie der Mann, dem sie fast bis zuletzt vertraute, sie betrogen hatte und nun ihr gut laufendes Geschäft mit Füßen trat, während ihre Nichte im Unwissen und in der Hoffnung, in ihrem Sinne zu handeln, dies alles mitmachte. Tante Karla äußerte in diesem Schriftstück die Vermutung, dass Dirk ihr nach dem Leben trachten würde, wenn er von dem neuen Testament erfuhr. Und im gleichen Moment wusste ich, dass er es damals ahnte, denn mein letztes Treffen mit meiner Tante hatte er verhindert und kurz darauf erreichte mich die traurige

Nachricht.

Ich brauchte einen Moment, um das alles zu verarbeiten, setzte mich auf die Bettkante und wischte mir die Tränen von den Augen. Nun endlich wird es Gerechtigkeit geben, dieser Brief wird mir dabei helfen können, Tante Karla zu befreien. Ich drehte das Blatt und las weiter. Und mit jedem weiteren Satz wuchs mein Glück. Wieder kamen mir die Tränen, doch diesmal kamen sie aus Freude.

Ich kaufte säckeweise Kaffeebohnen und hievte sie, natürlich mit tatkräftiger, achtbeiniger Hilfe, in den Keller hinunter. Schließlich war das Portal groß genug, um meinen Freund aus der Zwischenwelt hindurchzulassen. Ich bedankte mich für seine Hilfe, wir verabschiedeten uns voneinander und ich sah zu, wie er durch das Portal stieg und einfach verschwand. Es wurde immer kleiner, bis es schließlich mit einem leisen Ploppen fort und der Keller wieder in vollkommene Dunkelheit gehüllt war.

Drei Tage später führten zwei Polizisten Dirk aus dem Laden ab. Er hatte gestanden, seine damalige todkranke Lebensgefährtin Karla mit Tabletten ermordet zu haben, damit sie nicht ihr umgeschriebenes Testament preisgeben konnte, das ihn bei weitem nicht mehr so bedachte, wie das davor. Sie hatte nämlich bemerkt, was er mit all dem Geld, das der damals sehr gut laufende Fußpflegesalon brachte, trieb. Was mich anging, so tat ich genau das, was sie mir in ihrem letzten Willen auf Papier schrieb.

Ich möchte, dass du glücklich bist, mein Kind. Du bekommst meinen Salon und ich bestehe darauf, dass du dir deinen größten Wunsch erfüllst und eine Buchhandlung daraus machst. Er war lange genug eine nach Lavendel müffelnde Grotte.

Für mich schmunzelnd stand ich auf und sah mich in dem großen, leeren Ladengeschäft um. Mit ihm hatte ich eine beachtliche Summe geerbt. Das Geld, was eigentlich ihr gehörte, Dirk aber beiseite geschafft hatte. Ich trat aus der Tür hinaus auf die Straße, atmete tief durch und meinte, den Duft in der Nase zu haben, den ich aus früheren Zeiten im Salon noch kannte. Lächelnd blickte ich gen Himmel und sagte leise:

»Meine liebe Tante Karla. Danke für alles. Ich hoffe, du hast nun deinen Frieden gefunden und kannst weiterziehen.«

In einer Sache hatte der Türsteher nicht recht. Nach seinem Verschwinden vergaß ich nicht und es blieb nicht nur der Gedanke an das versteckte Testament. Sie hatten mir meine Erinnerungen gelassen und ich freute mich unendlich darüber.

»Ich werde mit niemandem darüber sprechen«, flüsterte ich in den Himmel. »Das bleibt ein Geheimnis zwischen mir und meinen kleinen Freunden.«

Zwischen den Wolken kam ein sonnengelber Strahl hervor, der mich für einen Moment wärmend berührte und alsbald wieder im Grau des Himmels verschwand. Und ich war mir sicher, die kleine Spinne auf meiner Schulter kichern zu hören.

DIE HEXE UND DER WEIBERHELD

Schon als ich die Tore der kleinen Stadt am Olivenhain passierte, war mir unwohl. Nicht etwa, weil es kein einladender Ort war. Vielmehr hatte ich bereits vor den Toren eine meiner Vorahnungen.

Reges Markttreiben füllte die Straßen. Gerade gastierte der Jahrmarkt auf dem Viehmarktplatz. Das wusste ich so genau, weil auch ich bis vor kurzem zum fahrenden Volk gehört hatte. Vielleicht konnte ich hier ein paar Menschen finden, die bereit waren, mich in meinem Vorhaben zu unterstützen. Der Weg zu König Hybris Burg war besser mit Waffenbrüdern zu meistern.

Ein Jahr war es nun her, seit sein Vater, König Samuel, starb und er Krone und Zepter überreicht bekam. Hybris war der Spitzname, den sein Volk ihm gab. Sich nicht darüber im Klaren, dass dieser Name nur ein Synonym für seinen Größenwahn und seinen Hochmut war, ließ dieser Schwachkopf sich am nächsten Tag schon so rufen. Noch nie hatte ich ihn gesehen, doch er musste seinem Wesen entsprechend ein krumm gewachsener, dürrer und geistig zurückgebliebener Jüngling sein.

Jedenfalls ging es seit dem Anbruch seiner Regentschaft mit dem Königreich bergab. Wo sein Vater ein großzügiger, verständnisvoller Herrscher war, konnte man bei Hybris nur das Gegenteil feststellen.

Niemals waren ihm wohl Grenzen gesetzt worden. Vielleicht auch, weil nie eine Mutter für ihn da war. Sie starb bei seiner Geburt und nie wieder war eine Frau seinem Vater, König Samuel, sehr nahe gekommen.

Ganz plötzlich wurden nun neue Steuern erhoben, die in zwielichtige Projekte flossen. Hinter hervorgehaltener Hand sagte man sich, dass all die glänzenden Münzen in Juwelen und Geschmeide für den neuen König flossen. Auch ein Viertel der Nahrung mussten die Bauern nun regelmäßig abgeben, egal, wie schlecht die Ernte war und ob sie selbst dabei verhungerten. Der König hatte einen Trupp, der eigens für das Einsammeln dieser Rationen da war. Eine Horde minderbemittelter Söldner auf Pferden, die voll beladene Karren an den hungrigen Bürgern vorbei spazieren fuhren. Diese Männer waren so dumm, dass sie in einer Pfütze ersaufen könnten. Leider waren sie ebenso brutal.

Gegen zwei andere Länder führte Hybris bereits Krieg. Das war eine echte Leistung, denn vor seiner Regentschaft herrschte über zwölf Jahre zu allen fünf angrenzenden Ländern Frieden. Leider meinte der junge König jedoch, er könnte sich beim Gold aus fremden Minen bedienen und fremdartige Tiere aus fernen Landen für seinen eigenen kleinen Tierpark stehlen.

Und das alles hätte mich noch nicht einmal gekratzt, denn hier draußen musste jeder für sich schauen, wie er am effektivsten überlebte. In die Angelegenheiten anderer mischte man sich nicht ein. Doch nach seiner letzten Aktion hatte ich keine andere Wahl, als mich zur Wehr zu setzen. Und wenn ich seinen dürren Hals zwischen meine Finger bekäme, würde er sich noch einmal wünschen Gregor zu heißen und im Burggarten mit seinen gekauften Freunden Verstecken zu spielen.

In dieser kleinen Stadt hielt sich öfter ein Krieger auf, den ich aufsuchen wollte. Ich wusste nicht, wie er hieß und wo er wohnte, doch als ich das letzte Mal in der Taverne zu Mittag aß, lauschte ich seinen Erzählungen. Zusammen mit sechs recht anhänglichen Frauen saß er am Tisch neben mir und sprach von seinen Heldentaten und spektakulären Rettungen. Außerdem war er ein Schrank von einem Mann mit einer beachtlichen Muskulatur. Und verwegen sah er aus mit seinem halblangen, hellbraunen Haar, welches er als Zopf trug. Sicherlich könnte er mir helfen. Leider hatte ich das letzte Mal nicht den Anlass, ihn anzusprechen, doch vielleicht würde ich ihn erneut finden.

Hier in der Stadt, am Rande des Königreichs, merkte man kaum etwas von der Tyrannei des Königs. Dem Duft der gebrannten Mandeln folgend, zog ich die Kapuze meines tiefblauen Umhangs ab. Die Wachen des Königs jagten mich schon seit einiger Zeit, doch hier machte ich mir kaum Sorgen, ihnen zu begegnen. Die letzten hatte ich im Wald nördlich von hier mit einem einfachen Rauchzauber abwimmeln können.

»Möchtest du eine Tüte kaufen?«, fragte die alte Frau vor mir und riss mich aus meinen Gedanken. Mit einer duftenden Tüte gebrannter Mandeln wedelte sie vor mir herum.

Unbeholfen kramte ich in den Taschen meiner Hose und zog schließlich enttäuscht die Schultern hoch.

»Ich kann sie leider nicht bezahlen.«

Das Loch in meinem Magen nahm unerreichte Ausmaße an und übernachten konnte ich auch nur in Höhlen oder im Schutz der Baumkronen der Wälder. Ein Bett hatte ich vor Monaten das letzte Mal gesehen.

Ich sah, wie die alte Frau zu grübeln begann. Ein Lächeln kräuselte ihre Lippen.

»Da, nimm! Ich verkaufe heute eh nicht alle.«

Dankend nahm ich sie in den Arm. Nach kurzem Zögern drückte sie mich kräftig.

Gierig kauend zog ich an den Attraktionen vorbei und schaute all den glücklichen Menschen zu. Der *Hau-den-Lukas* wurde gerade von einem jungen Mann traktiert, der versuchte, seine Freundin zu beeindrucken. Mit seinem Schlag erfreute er jedoch allenfalls den Besitzer der Attraktion, der nun schon zum vierten Mal kassierte. Das Zentrum des Marktes bildete ein riesiges Kettenkarussell, das bei der Fahrt mechanisch nach oben gefahren werden konnte. Die Aussicht von dort oben musste atemberaubend sein.

Ein Schrei unweit vor mir ließ mich aufhorchen. Offenbar versuchte jemand, sich einen Weg durch die Menschenmassen zu bahnen. Empörte Aufschreie vermischten sich mit Entschuldigungen. Was immer es war – es kam genau auf mich zu. Wie angewurzelt blieb ich dort stehen, wo ich war, bis die

Großfamilie vor meinen Augen sich teilte, wie das Rote Meer.

Der Grund dafür ließ mich staunen. Eben der Mann, den ich suchte, kam stolpernd einen halben Meter vor mir zum Stehen und sah mich völlig außer Atem an. Fasziniert von seinen zweifarbigen Augen bekam ich kein Wort heraus. Das linke war dunkelblau, während das rechte einen schokobraunen Ton hatte. Wie konnte so etwas sein?

»Haltet die Ratte!«, schrie jemand hinter ihm und ließ uns beide erschrocken zusammenzucken. Verzweifelt blickte er in alle Richtungen, als ich nach seiner Hand griff.

»Vertrau mir!«, zischte ich, drehte mich um und lief los.

Er wehrte sich nicht, als ich ihn hinter mir her tiefer in die Menschenmassen zog. Wenn ich mich nicht irrte, befand sich um die Ecke ein Irrgarten aus Heuballen. Das perfekte Versteck. In der Menschenmenge Zauberei anzuwenden war viel zu riskant. Ich wollte keine Massenpanik auslösen. Vor den bedrohlichen Stimmen flüchtend, rasten wir am Kassierbüdchen und dem wütend brüllenden Kassierer vorbei in den Irrgarten hinein und immer weiter, bis wir in eine Sackgasse gerieten. Keuchend horchten wir nach den Stimmen. Man schien uns nicht bis hierhin gefolgt zu sein.

»Danke«, stöhnte meine Begleitung und ich winkte, mich mit der anderen Hand auf dem Knie abstützend, ab.

Plötzlich wurde eine Heuwand, nicht weit von uns, niedergerissen.

»Jetzt haben wir dich, du Zechpreller!«, brüllte ein Mann in der Nähe. Zechpreller?

»Oh nein«, knurrte der Mann neben mir, drehte sich um und versuchte, die Heuballen wegzudrücken, doch sie gaben nicht nach. Offensichtlich befand sich dahinter eine Mauer.

»Und jetzt?«, fragte er, mich anblickend.

Ja, was jetzt? Ich konnte nicht kämpfen und mein Gegenüber war wohl zu betrunken. Da kam mir eine Idee. Es war keine sonderlich gute, doch sie war uralt und konnte auch hier funktionieren. Ich nahm meinen Umhang ab und gab ihn meiner Begleitung.

»Anziehen, los!«

Er gehorchte, wie ein Hund und wartete weitere Befehle ab. Das war ja ein schöner Held! Schnell lehnte ich mich mit dem Rücken gegen die Wand. Während die Schritte der Verfolger uns fast erreichten, zerrte ich ihm die Kapuze bis tief in die Stirn, zog ihn an mich und küsste ihn. Bereitwillig schlang er einen Arm um meine Hüfte und vergrub die andere Hand in meinen Locken.

War ja klar.

Der Gestank nach reichlich Alkohol drang in meine Nase. Im gleichen Moment sah ich, wie vier große Männer neben uns erschienen und sogleich stoppten. Gespielt erschrocken drückte ich mein mir recht zugetanes Anhängsel ein wenig von mir weg und schnappte nach Luft. Gleichzeitig achtete ich darauf, dass er sein Gesicht nicht den Männern zuwandte.

»Oh Verzeihung!«, stammelte der größte der Männer.

Ich meinte, mich erinnern zu können, dass er der Wirt der Taverne war, die ich das letzte Mal besucht hatte. Peinlich berührt trat er zurück und wies sogleich die anderen an, es ebenso zu tun.

»Weitermachen«, lächelte er verlegen und wandte sich den Männern zu. »Hier ist er nicht. Wahrscheinlich schon über alle Berge, der Gauner. Kommt mit.«

Mit diesen Worten stampften die Männer davon.

Ich horchte ihren Schritten, bis sie weit genug entfernt waren. Der Besitzer der Attraktion brüllte ihnen etwas von Schadensersatz hinterher. Dass auch wir ohne zu zahlen eingedrungen waren, hatte er vermutlich schon wieder vergessen.

Da begann der Mann vor mir doch glatt, meinen Hals zu küssen.

Energisch schubste ich ihn weg.

»Hey, Moment mal!«

Mit treudoofem, verwirrtem Blick starrte er mich an.

»Ich dachte, du wolltest das, schönes Mädchen.«

»Das war ein Ablenkungsmanöver, du Trottel«, knurrte ich

ihn an und er sah sich um, als hätte ich ihn gerade an etwas Vergessenes erinnert.

»Sie sind weg«, lachte er auf. »Du hast mich gerettet. Wie kann ich dir danken?«

Wieder trat er auf mich zu, doch ich hielt ihn auf Abstand.

»Du stinkst, wie eine Schnapsbrennerei. Wie wäre es, wenn du deinen Rausch ausschläfst.«

»Gerne«, grinste er verschwörerisch, »wenn du mitkommst. Ich folge dir überall hin.«

Ich brauchte zwar seine Hilfe, aber so hatte ich mir das nicht vorgestellt.

»Erst einmal sollten wir die Stadt verlassen, bevor es noch mehr Ärger gibt«, sagte ich und sah mich um. Die Männer aus der Wirtschaft hatten eine Schneise in den Irrgarten geschlagen, die wir aber nicht als Ausgang nutzten. Ich hatte mir den Weg gemerkt, den wir gegangen waren und führte uns hinaus. Ohne weitere Zwischenfälle fanden wir einen Weg aus dem Tumult.

Der zerzauste Kerl folgte mir wie ein Schatten. Man hätte ihn gar nicht bemerkt, wäre da nicht seine allgegenwärtige Alkoholfahne und die Tatsache, dass er nicht aufhörte, zu fragen, ob wir bald da wären. Und dass er ständig versuchte, seinen Arm um mich zu legen oder mich zu küssen.

Ich wollte einen starken Krieger und fand einen albernen Jungen. Meine Schwester hatte schon recht – Männer werden zwölf, danach wachsen sie nur noch.

Schließlich kamen wir im tiefsten Wald, weitab vom Weg an einem Felsen an, dessen Vorsprung mir schon einmal ein trockenes Nachtlager geboten hatte. Es dämmerte bereits und so hatte es keinen Sinn, noch weiter zu laufen.

»Hier werden wir heute Nacht schlafen«, deutete ich auf den moosigen Boden unter dem Felsen.

»Prima«, hickste meine Begleitung und begann damit, sein Hemd aufzuknöpfen.

»Nein«, hinderte ich ihn daran. »Ich korrigiere mich. Du schläfst hier und ich werde Wache halten. Lass das Gelumpe an. Hier wird es nachts sehr kalt.« Forsch drückte ich ihn auf den

Boden. »Bleib einfach hier. Ich sammele Feuerholz und bin gleich wieder da.«

Mit diesen Worten trat ich von dem nickenden Mann fort und bahnte mir meinen Weg zwischen den alten Eichen durch. Als ich, beladen mit trockenem Reisig und Ästen zurückkam, saß er noch immer dort und schaute mir lächelnd entgegen. In mich hineingrinsend bereitete ich ein kleines Feuer, das Bären und Wölfe in der Nacht auf Abstand halten sollte. In einem kleinen Lederbeutel, den ich immer an meiner Hüfte trug, hatte ich auf dem Weg gefundene Himbeeren gesammelt. Ich teilte sie, hockte mich vor den Mann und gab ihm die Hälfte, zusammen mit dem Rest meiner gebrannten Mandeln.

»Tut mir leid, mehr habe ich nicht. Morgen, wenn du wieder bei Sinnen bist, können wir vielleicht einen Hasen jagen oder wir erbetteln im nächsten Dorf etwas Kleingeld für ein Brot.«

Für einen Moment meinte ich, einen nachdenklichen Blick in den Augen meines kauenden Gegenübers zu sehen.

Dann lachte er.

»Tanz doch für mich. Ich werde dich mit Gold überschütten.«

Bei dem Satz musste auch ich laut auflachen. Zweifelnd sah ich an ihm herunter, auf die stark abgetragene Kleidung und seine ungepflegten Hände.

»Danke für das Angebot«, entgegnete ich, »aber ich glaube, du kannst mich nicht bezahlen.« Als er plötzlich betreten zu Boden schaute, ergänzte ich schnell: »Schlaf erst einmal, ich halte Wache. Morgen reden wir.«

Zuerst denkend, dass ich auf Protest stoßen würde, sah ich, wie er sich zur Seite kippen ließ, die Hände unter dem Kopf faltete und die Augen schloss. Erleichtert setzte ich mich an das Feuer und lauschte, wie er alsbald zu schnarchen begann.

Es dauerte nicht lange, da wurde es kühler und er begann im Schlaf zu frieren. Meinen Umhang greifend, stand ich auf und deckte ihn zu, bevor ich erneut ans Feuer ging.

»Verrückt. Ich kenne noch nicht einmal deinen Namen«, murmelte ich vor mich hin, als ich in die beruhigend tanzenden Flammen sah.

Was tat ich hier nur? Ein wildfremder Mann lag neben mir, folgte mir bereitwillig. Am Ende brachte er mir nur noch mehr Ärger, als er mir nutzen konnte. Was, wenn er mich ausrauben und mir noch viel schlimmere Dinge antun würde, sobald ich ihm den Rücken zudrehte und er wieder nüchtern war?

Aber diese Augen. Als ich in seine Augen sah, wich sämtliche Angst vor diesem Unbekannten. Ich war leichtsinnig geworden. Mein Ziel, ich durfte es nicht aus den Augen verlieren!

Aus der Ferne hörte ich Wölfe heulen. Sie jagten im Rudel, nie alleine, denn das war am effektivsten und am schnellsten. Müde lehnte ich mich mit dem Rücken gegen einen Stein. Mit den Fingern wackelnd, ließ ich kleine, züngelnde Flammen aus dem Feuer um meine kalten Hände tanzen. Die Feuermagie war Josefines Steckenpferd. Sie hatte mich diesen kleinen Trick gelehrt. Sie war alles, was ich noch hatte und ich würde sie befreien, kostete es, was es wolle.

Das gleichmäßige Schnarchen des Mannes neben mir lullte mich vollkommen ein. Tief durchatmend lehnte ich meinen Kopf an den kalten Stein und sah durch die Baumwipfel den Sternen entgegen.

Ein appetitlicher Geruch ließ mir das Wasser im Munde zusammenlaufen. Es war warm, Mutter musste mich zugedeckt haben und Vater kochte bereits das Essen. War es schon Mittag?

Moment! Erschrocken riss ich die Augen auf und blickte direkt ins Feuer. Geblendet von den Flammen ruderte ich meinen Umhang von den Schultern und setzte mich auf. Es war bereits Morgen, über dem Feuer briet frisches Fleisch, auf der anderen Seite der Flammen saß er und amüsierte sich prächtig über meine Verwirrtheit.

Er hatte mich zugedeckt und etwas Essbares erjagt.

»Guten Morgen«, lächelte er, richtete sich auf und kam zu mir herüber, um mir aufzuhelfen.

»Danke«, presste ich verlegen zwischen den Lippen hervor und er deutete eine Verbeugung an.

»Aber nicht doch! Ich habe zu danken!« Offensichtlich hatte

der Schlaf gewirkt, er schien wieder nüchtern. »Wir haben uns einander noch gar nicht vorgestellt. Mein Name ist Sirion.«

»Kelly«, antwortete ich, irritiert von ihm auf das Grillfleisch schauend. Hatte er gestern alles mitbekommen? Ich dachte, er schlief.

»Möchtest du etwas essen?«, fragte er aufmerksam. »Komm, setz dich.«

Er nahm eine Keule vom Fleisch und gab sie mir. Hastig begann ich, zu essen. Er beobachtete mich und meinte schließlich:

»Es tut mir leid, wenn ich dich mit meiner Anhänglichkeit gekränkt habe. Ich stehe in deiner Schuld und möchte mich revanchieren. Sage mir, wie ich dir helfen kann.«

Die Wahl seiner Worte passte so gar nicht zu seinem eher grobschlächtigen Äußeren.

Ein großes Stück Fleisch herunterschluckend, antwortete ich: »Kämpfe mit mir gegen den König.«

Augenblicklich verdunkelte sich sein Gesicht.

»Ich kann nicht.«

»Warum nicht?« Verwundert sah ich ihn an.

»Das würdest du nicht verstehen, Kelly. Es geht einfach nicht«, wich er aus.

In diesem Fall hielt mich nichts mehr hier. Ich stand auf, putzte mir den Mund am Ärmel ab und nahm meinen Umhang.

»Schön. War nett, dich kennengelernt zu haben, Sirion. Danke für das Essen.« Nun verbeugte ich mich leicht, wandte mich ab und ließ ihn mit einem völlig entgeisterten Gesichtsausdruck stehen.

»Warte!«, rief er, doch ich drehte mich nicht mehr um. Mein Magen begann von der ungewohnt üppigen Mahlzeit zu schmerzen und mein Kopf brannte. Einen halben Tag hatte ich verschwendet. Es war Zeit, meinen Weg zügig fortzusetzen.

Durch die Reisen mit dem fahrenden Volk kannte ich mich im gesamten Land gut aus. Das nächste Dorf war nicht weit, vielleicht zwei Meilen entfernt. Unter Umständen konnte ich dort etwas Geld verdienen und mir eine Waffe kaufen.

Erstaunt passierte ich die ersten Hütten. Niemand war hier, die Straßen wie leer gefegt.

Dann auf einmal hörte ich Schreie, die aus Richtung der Dorfmitte drangen. Pferde wieherten und eine unübersehbare Rauchwolke kam aus Richtung der Dorfkirche. So schnell mich meine Füße trugen, lief ich zum Ort des Geschehens. Bei der Kirche angekommen, bot sich mir ein Bild des Schreckens. Fünf Wachen des Königs standen vor den verriegelten Kirchentüren, hinter denen verzweifelte Schreie zu hören waren. Eine der Wachen hielt eine brennende Fackel, während die andere, auf einem Pferd sitzend, eine Schriftrolle entfaltete.

»Bürger Kleinbergs. Ihr widersetzt euch wiederholt dem Willen des Königs, indem ihr die Steuern nun zum dritten Mal nicht vollständig zahlt. Eure Strafe wird der Tod durch Feuer!«

Wie konnte man nur so brutal sein? Diese Bestien hatten alle Dorfbewohner während der Messe eingesperrt. Ich musste etwas tun! Gerade, als der Mann auf dem Pferd seinem Kollegen mit einer Kopfbewegung das Signal gab, die Kirche anzuzünden, schlich ich hinter meiner Deckung hervor an den Hinterlauf des Pferdes, nahm seinen Schweif in die Hände und zog mit aller Kraft daran. Panisch wiehernd bockte es auf und warf seinen Reiter ab, was genug Verwirrung stiftete, um die anderen Herren abzulenken. In dem Durcheinander schaffte ich es, zum Eingang der Kirche zu eilen und die massive Holzplanke von der Tür wegzuziehen. Flink sprang ich zur Seite, als die Menschenmassen die Tore aufschlagen ließen und um ihr Leben rannten. Mit Genugtuung beobachtete ich das Schauspiel und sah, wie die Männer des Dorfes vier der Wachen jagten.

Bevor ich begriff, dass einer der Männer des Königs fehlte, griff er mir von hinten in die Haare und riss meinen Kopf zurück. Aufschreiend drehte ich mich ihm zu, begann zu zappeln und nach ihm zu schlagen, doch er war viel zu stark und ich nicht für den Nahkampf gemacht.

»Na, wen haben wir denn da?«, zeigte er grinsend seine moosigen Zähne.

Fauchend spuckte ich ihm die wüstesten Flüche entgegen, doch sie wirkten nicht.

»Keine Chance!«, lachte er auf. »König Hybris hat uns resistent gegen deine Hexerei gemacht.«

Gerade, als er sein letztes Wort beendet hatte, erhob sich ein Stein hinter ihm und sauste mit einem blechernen Geräusch auf den Schädel nieder.

»Hätte euer König auch mal an bessere Rüstungen gedacht«, hörte ich eine vertraute Stimme sagen. Sogleich löste sich der Griff meines Angreifers und er ging stöhnend zu Boden. Ich rieb mir den schmerzenden Kopf und sah Sirion hinter ihm stehen.

»Na? Froh, mich zu sehen?«, lachte er und reichte mir die Hand.

»Danke«, antwortete ich, sie beiseite drückend. »Wir sind quitt. Machs gut.« Abermals wandte ich mich ab.

»Nein, das verstehst du falsch!« Als ich nicht reagierte, sprang er vor mich. »Ich komme mit und helfe dir!«

»Woher der Sinneswandel?«, fragte ich desinteressiert.

»Ich kann nicht ewig fortlaufen«, meinte er, mit den Achseln zuckend.

»Fortlaufen?«, erwiderte ich auflachend und sah ihm eindringlich in die sonderbaren Augen. »Ich habe von einigen deiner Abenteuer und Heldentaten gehört. Das klang nicht nach Fortlaufen.«

Sein Erstaunen wich schnell einem verlegenen Lächeln.

»Weißt du, ich bin eindeutig ein besserer Geschichtenerzähler, als Held. Das beeindruckt die Frauen. Im Wesentlichen beschränkt sich mein Leben eher auf das Fortlaufen vor den Tavernenbesitzern.«

So ein Schlitzohr.

»Wenn es dich tröstet Sirion, hinter mir ist die gesamte königliche Garde her. Die sind zwar ebenso einfältig, wie die Tavernenbesitzer, aber sie halten bei Verfolgungen deutlich länger durch.«

Gemeinsam verließen wir den tumultartigen Aufstand vor der Kirche. Wortlos liefen wir ein Stück des Weges nach Norden.

Meine Gedanken überschlugen sich und noch immer pochte es in meinem Kopf.

»Warum willst du den König eigentlich erledigen?«, fragte Sirion mit sanfter Stimme.

Ich erzählte ihm von meiner Schwester, dass sie alles war, was von meiner leiblichen Familie übrig war und wie Hybris sie verschleppen ließ, als ich eine Meile südwärts unseres Camps im See badete. Das erste Mal, seit es passierte, redete ich von den Schreien, die ich hörte und den leblosen Körpern, die ich vorfand. Alle waren sie tot, nur meine Schwester konnte ich nicht finden. Fast acht Monate hatte ich in Trauer gedacht, sie sei getötet worden. Dann schnappte ich Fetzen eines Gesprächs auf, in dem es um ein schwarzhaariges Mädchen mit Haut wie Porzellan im Kerker des Königs ging.

»Es heißt, dass der König selbst gerade die schwarze Magie erlerne und dazu andere Magier einfängt und ihnen die Kraft entzieht. Man sagt sich, er sei mehr als unbegabt und hat mit seinen missglückten Verwandlungszaubern schon dutzende Soldaten verschlissen. Am Brunnen des Burggartens soll es vor halb fertigen Kröten wimmeln«, erzählte ich und sah, wie Sirion mir interessiert zuhörte.

»Du denkst also, dieses Mädchen im Kerker ist deine Schwester?«, fragte er schließlich und legte den Kopf schief.

»Sie muss es sein. Sie ist zwar drei Jahre jünger als ich, aber sie hat die gleiche Haarfarbe, und ihre Haut ist ebenso hell, wie meine«, deutete ich aufgeregt auf meine zerzausten Haare.

»Und ihr könnt beide Magie ausüben. Das erklärt, warum er sie gefangen hat und Jagd auf dich macht«, nickte er und ich sah ihn verwirrt an, als er mit den Fingern vor meinem Gesicht wackelte.

»Ich habe fasziniert zugesehen, wie du die Flammen tanzen ließest.«

»Du hast aber vollkommen im Suff geschnarcht«, knurrte ich stirnrunzelnd und er kratzte sich verlegen am Kinn.

»Ach ja? Nun, dieses Röcheln kommt von einer Allergie. Ich war da nur am Dösen. Also, wie ist das nun mit der Magie?«

Misstrauisch fuhr ich fort:

»Es reicht gerade für einige Illusionen und den einen oder anderen schmerzhaften, kleinen Fluch. Mein Element ist eher die Erde. Josefine kann mehr mit der Feuermagie anfangen. Unsere Eltern starben früh. Als ich sechs war, hat das Waisenhaus mich als Arbeitskraft an das fahrende Volk verkauft. Die Frau, die mich abholte, sah, dass ich mich nicht von meiner kleinen Schwester trennen wollte, und nahm sie ebenfalls mit. Diese Leute, sie wurden für uns eine Familie. Sie behandelten uns, wie ihre eigenen Kinder. Wir erfuhren Liebe und Anerkennung. Der König hat mir das alles genommen.«

»Das tut mir leid«, entgegnete Sirion. Nachdenklich sah ich zu ihm herüber.

»Was ist mit dir? Wieso sträubst du dich davor, ihm zu begegnen?«

»Nicht so wichtig. Komm, lass uns deine Schwester retten«, antwortete er lächelnd und beschleunigte seinen Schritt.

Mein neuer Gefährte war ebenso mittellos, wie ich. Sein Vorschlag, im nächsten Dorf nach einer Geldeinnahmequelle zu suchen, war gar keine schlechte Idee und so durchstreiften wir die hohen Felder mit neuem Mut. Als wir gegen Abend die Stadtmauer erreichten, war bereits der Mond zu sehen. Es war recht still, bis auf einen einzigen Punkt am Marktplatz. Zielgerichtet steuerte Sirion die Taverne an, doch ich hielt ihn am Arm zurück.

»Ich denke, dass das keine gute Idee ist! Wir sollten uns lieber ein Nachtlager suchen«, zischte ich.

Er aber winkte entspannt ab.

»Keine Sorge. Ich habe einen Plan und der beinhaltet einen Schlaf in einem weichen, warmen Bett.«

Das hätte ich gerne geglaubt. Widerwillig stimmte ich zu, und wir traten in die gut gefüllte Wirtschaft ein. Niemand bemerkte uns, bis auf die blonde Wirtin hinter dem Tresen. Sie war ungewöhnlich schön und lächelte Sirion verträumt an. Offenkundig kannte sie ihn. Mit den Fingern in ihrer Mähne spielend, wartete sie, bis wir uns einen Weg zu ihr gebahnt hatten. Mich beachtete sie dabei gar nicht.

»Sirion, schön dich zu sehen«, flötete sie und lehnte sich ein wenig nach vorne, was mich fürchten ließ, dass ihre Brust gleich aus dem Dirndl springen würde. Während ich sah, dass mindestens ein Dutzend der Männer um uns herum sie sabbernd anstarrten, ergriff Sirion das Wort.

»Die Freude ist ganz auf meiner Seite, Karla.«

»Ab neun stehe ich dir völlig zur Verfügung«, lächelte sie kokett, während ich aus allen Wolken fiel. Mein kräftiger Tritt auf Sirions Fuß veranlasste ihn dazu, nicht weiter wie ein debiler Trottel da zu stehen.

Mir einen bösen Blick schenkend, wandte er sich der Bardame zu.

»Nicht heute, Karla. Meine Schwester und ich suchen eine Bleibe für die Nacht. Hast du ein Zimmer frei?«

»Schwester?«, schnappte ich nach Luft und auch die Blondine blickte verblüfft von ihm zu mir.

»Die sieht gar nicht aus, wie deine Schwester.«

»Sie ist auch nur meine Halbschwester«, sagte er schnell. »Ne, Schwesterchen?«

Mit diesen Worten drückte er mich an sich und klopfte mir auf den Rücken.

»Ich schrumpfe dir gleich dein bestes Stück auf Zahnstochergröße, Brüderchen!«, fauchte ich ihm ins Ohr und nickte dann Karla etwas dümmlich zu.

Jedenfalls schien sie mich nicht mehr als Konkurrenz zu sehen. Während eine aus alten Männern bestehende Band auf der Bühne Seemannslieder fiedelte, rief sie:

»Möchtet ihr was trinken? Geht aufs Haus!«

Ich verneinte, konnte es jedoch auch nicht verhindern, als sie Sirion einen vollen Bierkrug zuschob. Meine mehrmaligen Versuche, diesen sturen Esel vom Trinken des widerlich riechenden Gesöffs abzuhalten, schlugen fehl.

Noch schlimmer war, dass Karla bei jedem weiteren gefüllten Krug immer interessanter für ihn wurde.

Nach dem vierten Krug hatte meine Wut einen kaum

erahnten Pegel erreicht. Als jemand mich von hinten antippte, hatte ich den Reflex, ihm meine Faust ins Gesicht zu rammen, drehte mich jedoch gefasst um. Ein Junge, gepflegt und gut aussehend, stand da, wie bestellt und nicht abgeholt.

»M-möchtest du tanzen?«, fragte er schüchtern und ich sah eine Gruppe Männer hinter ihm lachen. Offenbar war ich der Inhalt einer Wette.

»Weißt du was?«, entgegnete ich und sah ihn zusammenzucken. »Sehr gerne!«

Ungläubig über seine eigene Courage zog ein Lächeln über sein Gesicht. Überschwänglich hielt er mir seine Hand entgegen und zog mich aus dem Sog meines nach Karla lechzenden Partners hinaus. Er tanzte erstaunlich gut, soweit man das zu der Musik konnte. Während ich immer wieder zu Sirion herübersah und feststellen musste, dass meine Abwesenheit ihm nicht im Geringsten auffiel, erfuhr ich, dass mein Tanzpartner Xavier, der Sohn des Priesters, war. In der Tat hatten die Jungen aus dem Dorf gewettet, dass er mich nicht dazu bringen würde, mit ihm zu tanzen. Bald machten alle Platz, zogen die Tische zur Seite und schauten uns zu, klatschten und gesellten sich zu uns. Sogar Sirion schien leicht beunruhigt über unsere Hüftschwünge. Schließlich ging der Band die Puste aus und wir stoppten in Sorge, der ein oder andere würde am Instrument einen Herzinfarkt bekommen. Vollkommen außer Atem verbeugte Xavier sich glücklich vor mir und bedankte sich für den Tanz.

»Das solltest du öfters tun. Hier gibt es viele hübsche Mädchen, die sich über einen Mann freuen, der ihnen nicht alle drei Schritte auf die Füße steigt«, meinte ich und er lachte.

Als ich mich umwandte, zog Karla gerade Sirion ins Hinterzimmer.

Resigniert hob ich meinen Umhang vom Boden auf und ging zum Tresen, auf dem ein Schlüssel mit einer Nummer lag. Ich nahm ihn an mich. So konnte ich wenigstens in einem bequemen Bett ausschlafen.

»Warte!«, rief Xavier hinter mir und eilte herbei. Er zog etwas aus seiner Tasche und legte es auf den Tresen. Es waren einige Münzen und sogar ein Schein. Fragend schaute ich ihn an.

»Der Wettgewinn. Ich finde, du solltest die Hälfte nehmen, Glücksmädchen. Ohne dich würde ich ihn gar nicht in den Händen halten«, lächelte er. Protestierend öffnete ich den Mund, doch er winkte ab. »Keine Chance, mich umzustimmen. Das ist nur fair.«

Mit diesen Worten gab er mir einen Kuss auf die Wange, wandte sich um und lief fort.

Vielleicht hatte er recht. Ich konnte das Geld gut gebrauchen. Sorgfältig verstaute ich es in meiner Hosentasche und trat den Weg zu den Unterkünften im ersten Stock an.

Das Zimmer war spartanisch eingerichtet, doch ein Bett, eine kleine Kommode und ein Stuhl reichten mir für eine ausgeruhte Nacht. Gähnend legte ich den Umhang zusammen mit meiner Corsage über den Stuhl und zog meine Schuhe aus. Niemals würde ich mich komplett entkleiden, denn da war noch meine Begleitung, die vermutlich mitten in der Nacht stockbesoffen an die Tür klopfen würde, und ich war nicht so ein Flittchen, wie Karla.

Mit einem tiefen Seufzer ließ ich mich auf das Bett fallen und rieb mir die schmerzenden Füße. Da klopfte es überraschend früh an dem morschen Holz der Tür.

»Kelly?«, hörte ich Sirion rufen.

Ich antwortete schnippisch: »Das war aber eine schnelle Nummer.«

Kurz herrschte Stille, offensichtlich überlegte er genau, was er sagen wollte.

»Es ist nicht so, wie du denkst. Bitte, lass mich doch rein.«

Ich rollte die Augen, stand auf und ging widerwillig zur Tür. Lässig gegen den Rahmen gelehnt, stand er da und sah mich mit einem Blick an, der mir Schauer über den Rücken laufen ließ.

»Komm schon rein«, murrte ich und wandte mich ab.

»Ob du es glaubst, oder nicht. Karla hatte mir noch Geld geschuldet. Ich trat mehrmals als Barde bei ihr auf und sie konnte meine Dienste nicht bezahlen«, versuchte er, sich zu erklären.

»Ach, ich dachte schon, es war umgekehrt«, antwortete ich bissig. »Aber das geht mich ja auch im Grunde gar nichts an.«

Überraschend packte er mich am Handgelenk, wirbelte mich herum und drückte mich gegen die Wand.

»Nein, da hast du recht. Das tut es nicht«, zischte er und sah mich wütend an.

»Lass mich los!«, fauchte ich und sah, wie seine Augen jeden einzelnen Zentimeter meines Gesichts zu studieren schienen. Plötzlich änderte sich sein durch etliche Biere leicht getrübter Blick. Er sah mich einfach nur an und es war, als würde er durch meine Augen hindurch direkt in meine Seele sehen können. Ich bekam weiche Knie, als sein Gesicht meinem näher kam. Sehr nah. Zu nah. Schwungvoll zog ich mein linkes Knie an und sah, wie der starke Kerl vor mir keuchend in die Knie ging.

»Touché«, ächzte er, als ich ihn beiseiteschob.

Wortlos zog ich die Decke des Doppelbetts hinunter, setzte mich auf die Kante und schlug das linke Kissen zurecht. Wie ein waidwundes Reh starrte Sirion mich an.

»Nun komm schon, du Weichei. Oder siehst du hier noch ein zweites Bett stehen?«, meinte ich, als er, leicht gebeugt und ohne ein Wort zu sagen, auf die andere Seite des Bettes hinkte. »Und damit eins klar ist - du behältst deine Kleidung am Körper und deine Finger bei dir. Sonst beiße ich sie dir ab.«

»Ja, meine Königin«, frotzelte er, während er sich zudeckte, und zog eine Grimasse, dass ich grinsen musste.

»Freunde?«, fragte er schließlich, als ich das Licht löschte.

»Was denn sonst«, antwortete ich und hörte ihn aufatmen.

Das Licht der Morgensonne kitzelte in meiner Nase. Das spürte ich, noch bevor ich die Augen öffnete. Wohlig schmatzend streckte ich mich in den Daunen. Es dauerte einige Sekunden, bis ich wieder wusste, wo ich war. Ich lag fast quer im Doppelbett, hatte beide Decken herausgetreten und Sirion – wo war Sirion? Hastig fuhr ich hoch, sprang aus den Federn, sah mich um und blickte aus dem Fenster.

In der Straße war bereits reges Treiben. Nur meine Begleitung sah ich nicht. Ich beeilte mich im Waschraum, zog mich an und lief voller Sorge zur Treppe, stoppte dann aber augenblicklich.

Schon von Weitem konnte ich ihn unten reden und Karla gurrend lachen hören. Sonst schien niemand dort zu sein.

In meinem Kopf explodierte eine Bombe.

»Guten Morgen«, rief ich, die Holzstufen hinunterstampfend wie ein Nilpferd.

»Ah, da ist ja die Langschläferin«, lachte Sirion, steckte gerade ein kleines Lunchpaket ein und schenkte mir einen Blick, der auf andere Frauen unwiderstehlich wirken mochte. Erwartungsvoll beobachtete er mich, als ich an ihn herantrat, um ihm etwas ins Ohr zu flüstern.

»Sag Bescheid, wenn du dich quer durch die Gemarkung vögeln willst. Dann ziehe ich alleine weiter.«

Sein leises Lachen ließ mich in einer irgendwie angenehmen Art erschaudern.

»Du bist eifersüchtig«, flüsterte er nun in mein Ohr und ich sah ihn verärgert an, was ihn nur noch lauter lachen ließ.

»So, es wird Zeit aufzubrechen. Danke für deine Gastfreundschaft, Karla«, sagte er dann und nahm sie flüchtiger, als sie es wollte, in den Arm.

Als er aus der Wirtschaft auf die Straße trat, hielt Karla mich behutsam zurück.

»Ich weiß, dass du nicht seine Schwester bist«, meinte sie mit einem erstaunlich freundlichen Gesichtsausdruck.

»Und?«, fragte ich herausfordernd.

»Ich weiß nicht, was du mit ihm gemacht hast, aber er redet ständig von dir.«

»Das ist absolut einseitig«, entgegnete ich und sie lachte auf.

»Wenn du meinst. Machs gut, Kelly.«

»Auf Wiedersehen, Karla«, bekam ich mit Mühe über die Lippen und ging.

Still liefen Sirion und ich die Straße entlang, als er begann, in seiner Tasche zu kramen und schließlich einen Stab aus Metall herausnahm, um ihn mir zu geben.

»Ein Geschenk. Weil du mich so tapfer erträgst.«

Skeptisch betrachtete ich das kühle Stück Metall in meinen Händen. Es war kaum länger, als das Stück vom Ellenbogen bis zur Hand. Das silbrige Schimmern verlieh ihm etwas Anmutiges und etwa in der Mitte war ein blauer Stein in der Größe meines Daumenfingernagels eingelassen.

»Danke, aber was ist das?«, fragte ich.

»Ein Kampfstock aus Stahl und Elfenbein, erwiderte er und beobachtete meine Reaktion. »Halte ihn von dir weg und drücke den Daumen auf den Stein.«

Ich tat, was er sagte, ohne viel zu erwarten, streckte den Arm weg und drückte auf den Stein. Augenblicklich verspürte ich, wie ein warmer Strom meinen ganzen Körper durchflutete und sich in meiner Hand ballte. Blitzschnell und mit einem metallischen Klappern fuhr der Stock an beiden Seiten aus, bis er ebenso groß war, wie ich.

Erschrocken ließ ich ihn fallen und er schrumpfte auf seine ursprüngliche Größe zurück. Ich hob ihn jedoch sofort wieder auf und starrte ihn erneut an.

»Was zum Teufel-?«

Sichtlich amüsiert beobachtete meine Begleitung mich.

»In diesem Dorf gibt es einen der letzten Schmiede, die in der Lage sind, Magie in Waffen hinein zu schmieden. Dieser Stein kommuniziert mit der Magie in dir. Kaum jemand weiß davon, doch mit den richtigen Verbindungen und etwas Geld ist fast alles möglich.«

Betreten schaute ich ihn an. Gerade fühlte ich mich ziemlich schlecht. Er hatte mir die Wahrheit gesagt und war dazu noch früh am Morgen aufgestanden. Er hatte sich lediglich ein einfaches, kleines Schwert gekauft und gab sein letztes Geld für mich aus. Und wie miserabel hatte ich ihn behandelt?

»Keine Sorge, du hattest mich schon richtig eingeschätzt«, grinste er, als hätte er meine Gedanken gelesen. »Nur habe auch ich ab und an lichte Momente.«

»Danke. Ich freue mich sehr darüber«, entgegnete ich, fast zu

Tränen gerührt und nahm ihn in den Arm.

Er drückte mich. Ohne Hintergedanken. Einfach als Freund.

Je schneller ich den Stab in den Händen wirbelte, desto mehr verschmolz er mit mir. Wie eine Verlängerung der Arme, mit der ich alles tun konnte. Irgendwann kamen wir an einem Apfelbaum vorbei, an dem ich mit Leichtigkeit und Präzision zwei Äpfel abschlagen konnte.

Sirions Reflexe waren beachtlich. Er fing das Obst auf, noch bevor es den Boden berührte. Als Team würden wir wohl wirklich gut funktionieren.

So kam es, dass wir drei Tage Seite an Seite über Felder, durch Wälder und Städte wanderten. Nachts fanden wir immer einen Unterschlupf und tagsüber erlebten wir kleine Abenteuer. Am Nachmittag des vierten Tages erschien am Horizont die Spitze des höchsten Burgturmes. Endlich war unser Ziel in Sicht. Als wir bei der nahegelegenen Stadt am Ufer des Elbensees die Fahnen des Königs wehen sahen, schlug Sirion vor, einen Bogen um das bewohnte Gebiet zu machen. Die Menschen dort waren in Aufruhr, das hörte man bis an den Waldrand. Ich blieb stehen, um zu horchen.

»Kann das sein, dass du furchtbar neugierig bist?«, knurrte Sirion hinter mir.

»Was, wenn jemand Hilfe braucht?«, fragte ich und er schaute genervt gen Himmel.

»Gut, bringen wir uns selbst in Gefahr und lassen uns wenn nötig abschlachten, noch bevor wir die Burg erreicht haben!«

»Ich wusste, dass du das verstehst«, lächelte ich und lief sogleich los.

»Oh nee«, jammerte er hinter mir, doch schnell hörte ich, wie seine Schritte den meinen folgten.

Leise und unauffällig, wie Katzen, schlichen wir um die Stadtmauer herum, um unbeachtet von den Wachen eindringen zu können. Als Assassine könnte der König uns gut gebrauchen. Schade für ihn, dass wir ihm nicht zuspielten. Schnell war der Ursprung des Lärms ausgemacht. Offensichtlich sollte jemand auf dem Marktplatz hingerichtet werden. Es war nicht einfach, sich zwischen den Menschenmengen hindurchzuschlängeln und zuerst sah es für mich so aus, als würde der Scharfrichter einen Dialog mit dem Strick halten. Dann, als ich an einem Spalier hinauf auf ein Dach kletterte, sah ich einen kleinen Mann mit gefesselten Händen und Füßen unter dem Strick stehen. Er hatte langes, rotes Haar, das zu einem Zopf geflochten war und einen Bart, der die untere Gesichtshälfte komplett verdeckte.

Während die Menge durcheinanderredete und der vermeintlich Schuldige dem Richter Schimpfworte an den Kopf warf, die ich noch nie gehört hatte, fing der Richter mit Eunuchenstimme an zu sprechen.

»Erik aus den Bergen. Weil du Gold aus den Schatzkammern des Königs gestohlen hast, wirst du zum Tode verurteilt«, quäkte er auf eine nervtötende Art.

»Das Gold gehört meinem Stamm. Dein dreckiger König hat es geklaut!«, schrie der kleine Mann wütend.

»Still!«, ertönte es aus dem Mund des Richters und sogar die Gaffer hörten auf, wie wild durcheinander zu sprechen. Nur einige der Wachen am Fuße des Podests konnten sich ein Glucksen kaum verkneifen.

»Rauf auf den Hocker! Sofort!«, brüllte der Scharfrichter fast heiser.

Ich spürte Sirions Anwesenheit hinter mir und flüsterte: »Wir müssen etwas tun.«

»Wenn wir den König aus dem Hinterhalt angreifen und nicht auf einem Silbertablett in die Burg getragen werden wollen, können wir das nicht«, flüsterte er zurück. »Das sind mindestens zwanzig Wachen da unten.«

Schlussendlich hoben drei Wachen den kleinen Mann auf den Hocker, legten ihm die Schlinge um den Hals und zwei Sekunden später trat einer der Männer des Königs lachend den Hocker fort. Röchelnd und um sein Leben kämpfend, baumelte der Mann gut anderthalb Meter über dem Boden.

»Du schneidest das Seil durch!«, befahl Sirion hinter mir, nahm Anlauf und sprang vom Dach. Ich folgte ihm sofort. Die

Wachen bemerkten uns direkt, bekamen uns jedoch nicht zu fassen, denn das Publikum bot uns Schutz. Schnell, wie ein Wiesel hatte ich das Podest erreicht und erst da fiel mir ein, dass ich gar kein Messer hatte. Instinktiv nahm ich stattdessen beim Hinaufeilen der hölzernen Treppen meinen Stab aus der Tasche und legte den Daumen auf den Stein.

»Lass mich nicht im Stich«, sagte ich leise, als sich der Scharfrichter mir in den Weg warf. Der Stock fuhr aus und stieß ihm mit einer Wucht in den Magen, dass ich dachte, er käme an seinem nicht vorhandenen Rückgrat wieder heraus. Mit dem Geräusch einer quietschenden Tür fiel er vom Podest. Schnell lief ich zu dem baumelnden Mann herüber und stützte ihn mit der freien Hand. In der anderen schrumpfte der Stock und bildete an einer Seite eine kleine, aber scharfe Klinge, mit der ich es schaffte, den Strick zu kappen.

Ich zog das Seil vom Hals des Mannes, der robuster zu sein schien, als ich dachte. Hustend und röchelnd konnte er schon nach einem Moment wieder auf den Füßen stehen.

»Ich danke dir«, keuchte er und starrte fassungslos an mir vorbei. »Dein Partner!«

Schlagartig fuhr ich herum und sah, wie ein Dutzend Männer Sirion einkreisten und den Kreis immer enger zogen. Die Bewohner der Stadt unterdessen hatten sich in Sicherheit gebracht. Irgendwie hatten diese Primaten von Soldaten es geschafft, meinen Weggefährten zu entwaffnen und zu überwältigen. Der Stärkste der Männer trat hervor und zog ein Messer.

»Nein«, brüllte ich so laut, dass ich selbst erschrak. Sofort sahen alle zu mir herüber. Der Boden unter meinen Füßen begann, zu vibrieren, doch das war keinesfalls beunruhigend. Es fühlte sich gut an. Fest umklammerte ich den Stab, holte aus und schleuderte ihn in Richtung der Männer. Wie ein Speer bohrte er sich in die Erde, genau vor meinem reichlich mitgenommenen Freund. Die Wachen, welche rechtzeitig ausweichen konnten, begannen lauthals zu lachen. Ich auch und ich lachte am lautesten, denn ich begriff gerade das Ausmaß der Kraft, die in mir wohnte. Der Stein, er flüsterte zu mir.

Voller Wut ballte ich die Hände zu Fäusten, bis die Knöchel kreideweiß wurden, holte aus und schlug sie zu Boden. Im gleichen Moment materialisierte sich einen Meter um den Stab und genau um Sirion herum eine Druckwelle, die den Boden aufriss. Brocken, größer als Köpfe, schossen in die Luft und katapultierten die Wachen von Sirion fort. Schreie waren zu hören, als die Erdteile auf die Männer niederfielen. Dann war es plötzlich mucksmäuschenstill.

»Sirion«, rief ich besorgt und lief herüber.

In den Staubmassen konnte ich ihn nicht sehen. Erst, als sich der Dreck legte, sah ich, wie er sich aufrichtete, lief ihm in die Arme und drückte ihn fest. Alle unsere Widersacher waren kampfunfähig. Von ihnen ging keine Gefahr mehr aus.

»Ich dachte, ich hätte dich miterwischt. Tut mir leid!«

»Alles gut«, antwortete er mit etwas schwacher Stimme. »Aber mein lieber Schwan. Du hast ganz schön Power.«

»Bist du unverletzt?«, fragte ich besorgt und er nickte.

»Ich bin okay, danke. Was ist mit unserem Zwerg?«

»Ich bin kein Zwerg«, hörte ich den Angesprochenen hinter mir sagen, ließ Sirion los und drehte mich um. Offenbar hatte der kleine Mann sich mittlerweile vollends erholt, streckte mir, ein unter dem Bart erahnbares Lächeln zeigend, die Hand entgegen.

»Erik vom Volk der Berggräber. Ich stehe tief in eurer Schuld.«

Sein Lächeln erwidernd, reichte ich ihm meine Hand und stellte uns vor.

»Nun, Kelly, kann ich euch irgendwie behilflich sein?«, fragte er voller Tatendrang. Da uns offenbar ein Mitstreiter gegenüberstand, erzählte ich ihm von unseren Plänen.

Aufmerksam hörte er uns zu, nickte hin und wieder und meinte schließlich: »Normalerweise ist unser Volk sehr friedfertig. Wir sind wahre Arbeitstiere und nicht für den Kampf gemacht, aber ich kann euch zumindest eine Abkürzung zur Burg zeigen.«

Wenn wir den öffentlichen Weg nehmen würden, so erfuhren

wir, mussten wir entweder den Pfauenberg hinaufklettern, um die Burg an seiner Spitze zu erreichen oder ihn umrunden, um uns ihr von der anderen Seite zu nähern, was jedoch jeweils zusätzlich zwei Tage kostete. Eriks Angebot war es, uns morgen früh in den Hof der Burg zu bringen. Natürlich willigten wir sofort ein.

Zusammen mit ihm machten wir uns auf den Weg zu seinem Dorf, während die Sonne langsam neben uns gen Horizont rückte.

»Lasst uns drüben im Wald jagen«, meinte Sirion zu dem kleinen Mann. »Dann können wir bei dir ordentlich zu Abend essen.«

Dieser jedoch sah ihn mit einer Mischung aus Abneigung und Entrüstung an.

»Ich lebe fleischlos. Das tun wir alle im Dorf.«

»Das erklärt, warum du körperlich so verkümmert bist«, bemerkte Sirion und erntete einen bestürzten Blick.

»Sirion!«, zischte ich verärgert. »Wir sind zu Gast und dann werden wir uns verdammt noch mal anpassen! Entschuldigung, er ist manchmal verbal ein wenig grob veranlagt.«

Den letzten Satz richtete ich an Erik, der abwinkte.

»Schon gut. Allerdings verstehe ich bis heute nicht, warum die größten Deppen die gescheitesten Frauen bekommen.«

»Oh, Moment mal! Wir sind nicht-! Sirion, sag was!« Hilfesuchend sah ich in das schmunzelnde Gesicht des Mannes mit den zwei Augenfarben. Das konnte ja noch heiter werden.

Als die Sonne gänzlich im Westen hinter den Feldern verschwand, erreichten wir gerade den Fuß des gewaltigen Pfauenberges. Durch eine steinerne Tür, die man mit bloßem Auge gar nicht erkennen konnte, gelangten wir in einen Hohlraum unter der Erde. Ich sah zum ersten Mal eine Stadt, die in einen Berg gegraben worden war. Wie in einem Fuchsbau gab es auch hier Unmengen an Windungen, bis wir schließlich das eigentliche, nicht gerade kleine Dorf erreichten. Sirion und ich mussten uns ducken, um uns nicht die Köpfe in den Gängen zu stoßen, doch die Stadt war in einen riesigen, kugelförmigen

Hohlraum gebaut worden. Tageslicht kam nicht bis hier hinunter, doch das war auch nicht nötig. Die steinernen Wände gaben ein eigenes, bläuliches Licht ab, das, wie Erik erklärte, nie versiegen würde. Es war ein Erz, das sein Volk auch abbaute und zur Gewinnung von Gold benutzte. Seine irisierende Farbe hatte dem Berg seinen Namen verliehen.

Der Moment, als Eriks Frau ihren totgeglaubten Mann in die Arme schloss, erweckte in mir neue Hoffnung. Sie war so herzlich, dass sie uns gleich mit umarmte. Als ihr Mann ihr erzählte, was passiert war, konnte sie nicht mehr aufhören, uns glücklich anzustarren. Sie bestand darauf, uns mit ihrem köstlichen Gemüseeintopf zu versorgen, und bot uns ein Nachtlager an. Wir nahmen beides dankend an.

Ein Lachen konnte ich mir kaum verkneifen, als ich Sirion in einem der kleinen Betten liegen sah. Seine Beine ragten ab den Kniekehlen über das Gestell hinaus bis auf eine kleine Kommode.

Am Morgen des nächsten Tages machten wir uns schon früh auf den Weg. Erik leitete uns durch einen Gang, der immer enger wurde und augenscheinlich in einer Sackgasse endete. Dann aber entdeckte ich eine massive Leiter, die hinaufführte. So weit hinauf in einen Schacht, dass man das Ende nicht sehen konnte.

»Dort müsst ihr hochsteigen«, bemerkte der kleine Waldschrat. »Dann gelangt ihr direkt hinter den Brunnen im Burghof.«

»Kommst du nicht mit?«, fragte ich und er schüttelte den Kopf.

»Ich wäre euch nur im Weg.«

Natürlich respektierte ich seine Entscheidung, auch wenn wir etwas Hilfe sicherlich gebrauchen könnten. Sirion schnalzte lediglich mit der Zunge und bedeutete mir, voranzugehen.

Die eiserne Leiter führte immer weiter hinauf und kein Ende war in Sicht.

»Kannst du uns nicht einfach hochzaubern?«, schnaufte Sirion irgendwann unter mir.

Ich stoppte. »Sag mal, sehe ich aus wie eine Althexe? Am Ende bleiben noch einzelne wichtige Körperteile unten.«

»So hatte ich das gar nicht gesehen«, schluckte er. »Obwohl du sicherlich auf einem Besen fliegend ziemlich scharf aussehen würdest.«

»Ruhe, oder ich trete mal nach unten aus«, antwortete ich und er verstummte sofort.

»Wie ist eigentlich dein Plan?«, überlegte er, als endlich ein Ende in Form eines runden, in der Decke eingelassenen Deckels zu sehen war.

Plan? Verlegen räusperte ich mich.

»Also, wir spazieren da ungesehen rein, befreien meine Schwester und verschwinden erst mal wieder. Dann kümmern wir uns um den Fall des Königs.«

Stille trat ein, bis Sirion schließlich kurz und knapp und in hohem Ton meinte: »Okay.«

So leise wie möglich schoben wir den schweren Eisendeckel zur Seite, stiegen hinaus aus dem Schacht und schlossen ihn wieder.

Nicht wenig beeindruckt sah ich mich um. Wie Erik es uns erklärt hatte, befanden wir uns im Schatten eines Kolosses von Brunnen. Vorsichtig wagte ich einen Blick in den Burghof. Er war groß und von erstaunlich hohen Mauern umschlossen, die an der Oberseite mit Speeren gespickt waren. Rege Geschäftigkeit erfüllte unsere Umgebung. Wachen, bewaffnet, wie eine Artillerie und Männer in grauen Kutten liefen umher. Hölzerne Treppen führten an mehreren Stellen hinauf und endeten in großzügigen Balkonen. Alles wirkte sehr gepflegt, aber wenig einladend und kalt.

»Das muss der Weg zu den Kerkern sein«, flüsterte Sirion, auf eine hölzerne, beschlagene Tür am anderen Ende des Hofs deutend.

»Eindringlinge!«, schrie jemand im gleichen Moment neben uns auf.

Sofort griffen wir nach unseren Waffen.

»Eventuell einen Plan B parat?«, fragte mein Begleiter und sah mich leicht panisch an.

»Uns den Weg zum Kerker frei prügeln?«, antwortete ich mit einer Gegenfrage.

»Klingt nach Spaß«, meinte er achselzuckend und sprang hinter dem Brunnen hervor.

Sofort waren gut zwei Dutzend Wachen zur Stelle, um uns zu beseitigen. Eins musste man dem König lassen – sein Hof war gut organisiert. Entschlossen, mir eine Schneise zum Kerker zu kämpfen, packte ich den Stab, der sogleich zischend ausfuhr.

»Halt!«, rief jemand vom Balkon über uns und die Wachen froren regelrecht in ihren Bewegungen ein.

Verwirrt starrte ich nach oben und blickte direkt in etwas hinein, das einem roten, dichten Nebel ähnelte. Er rieselte mir ins Gesicht und sofort wurden meine Lider schwer. Neben mir sackte Sirion zusammen. Ich wollte schreien, zu ihm eilen, doch auch meine Beine versagten. Mir wurde schwarz vor Augen.

Ein warmes Gefühl drang in meinen Kopf, als würde ich ihn auf ein weiches Kissen betten. Benommen öffnete ich die Augen. Ich lag auf dem Boden, doch war er nicht hart, sondern angenehm weich, wie eine Matratze. Es war ein Raum ohne Türen, ganz in weiß gehalten. Ich war alleine – oder nicht? Mit halb geschlossenen Augen blinzelte ich, um die Gestalt vor mir erkennen zu können. Es war einer der Männer in den grauen Kutten.

Panisch begann ich, von ihm weg zu robben, doch er hob beschwichtigend die Hände.

»Keine Angst. Ich tue dir nichts«, versuchte er, mich mit etwas zittriger Stimme zu beruhigen.

»Wer sind Sie?«, fragte ich misstrauisch. »Und wo bin ich?«

Ganz langsam kam er näher, ging leicht gebückt und erst jetzt konnte ich, vom Weiß der Wände geblendet, sehen, dass er schon alt war. Sein Haar war so weiß, wie die Wände und er trug einen Schnäuzer, der ihn ein wenig wie ein Walross aussehen ließ.

»Steh auf, Kindchen«, antwortete er und streckte mir die Hand entgegen, die ich zögernd ergriff und mich aufrappelte.

Er schien zu überlegen, wie er seine weiteren Worte mir gegenüber wählen wollte. Dann deutete er eine Verbeugung an.

»Mein Name ist Arion. Ich bin Gelehrter, Seher und der erste Berater König Hybris. Seit über sechzig Jahren diene ich der Krone.«

Also doch ein Feind, dachte ich bei mir und wollte zurückweichen, doch er hielt mich auf.

»Das heißt nicht, dass ich die Taten des jungen Königs befürworte. Zu deiner Frage, wo du bist. Du träumst.«

Wie bitte?

»Lass mich erklären«, meinte er und deutete auf die weißen Wände. »Dein Partner wurde betäubt.«

»Sirion, wo ist er?«, unterbrach ich ihn und er nickte.

»Im Kerker, es geht ihm gut. Nun, jedenfalls den Umständen entsprechend. Du jedoch bist lediglich in einen leichten Schlaf gefallen. Dein Wille ist stark, wie sonst kein anderer. Es ist die Liebe, die ihn so stabil macht.«

»Ich muss meine Schwester retten«, sagte ich.

»Die Liebe zu zwei Menschen«, ergänzte Arion und wartete meine Reaktion ab.

»Sirion? Oh nein. Na ja, vielleicht«, gab ich zu. Wem wollte ich etwas vormachen? Einem Seher? Ja ich hatte mich verliebt. Ich verliebte mich immer in die falschen Männer.

Als die Wand rechts von uns einen Riss bekam, wurde Arion unruhig.

»Wir haben nicht viel Zeit, also höre mich an. Dieser rote Staub betäubt normalerweise die Seele des Menschen, sodass er wie eine Marionette funktioniert, nicht selbst denkt. Wenn du aufwachst, darfst du dem König auf keinen Fall zeigen, dass du bei vollem Bewusstsein bist. Verstehst du mich?«

»Ja, das tue ich«, stimmte ich zu, als die Wände weitere Risse bekamen.

»Versuche auf keinen Fall, ihn alleine zu töten. Er ist unverwundbar. Ich werde dir helfen, wenn sich die Möglichkeit bietet«, sprach der Gelehrte, bevor er und die gesamte Umgebung in tausend Scherben zersprangen.

Wieder schrak ich auf. Arions Worte hallten in meinem Kopf wider, als ich zu begreifen versuchte, wo ich war.

Es war ein großer Raum, prunkvoll geschmückt und nach Weihrauch duftend. Man hatte mich auf einer Ottomane abgelegt. Mir direkt gegenüber gingen einige Treppen hoch zu einem wuchtigen goldenen Thron und rechts daneben stand ein weiterer kleiner, auf dem sie saß. Ich hatte sie gefunden und es schien ihr gut zu gehen! Josefine trug ein grünes Kleid und starrte unentwegt nach vorne ins Leere. Vielleicht hatte der König auch sie betäubt, doch sie schien zumindest gesund. So gerne wollte ich sie auf mich aufmerksam machen, zu ihr eilen und sie in die Arme schließen und vor Freude weinen, doch erinnerte ich mich an die Worte des Gelehrten. Also begann ich lediglich, furchtbar zu husten, und beobachtete ihre Reaktion aus den Augenwinkeln. Sie bewegte sich keinen Zentimeter. Halte aus Fine, ich rette dich!

»Geht es Ihnen gut?«, hörte ich die Stimme, die eben noch im Traum zu mir gesprochen hatte, fragen.

Arion kam herbeigeeilt und erst jetzt sah ich, dass auch ich ein aufreizendes, grünes Kleid trug. Ich wollte gar nicht wissen, wer mich umgekleidet hatte. Der alte Seher half mir auf die Beine und strich mir besorgt über den Arm.

»Ah, die Schöne ist wach«, sprach ein weiterer Mann aus Richtung des Eingangs.

Sofort ging Arion in die Knie und bedeutete mir, ihm zu folgen. Ich machte einen förmlichen Knicks, sah erst dann hinüber und erschrak. Vor mir stand ein Mann, groß und schlank. Sein hellbraunes Haar trug er kurz und seine Gesichtszüge ähnelten Sirions in beängstigender Weise. Einen kurzen, schüchtern anmutenden Blick warf ich in seine Augen. Das linke war blau, das rechte braun. In meinem Hirn ratterte es unaufhörlich.

Ich stand vor Sirions Bruder und er war der verhasste König des Pfauenbergs. Dieser Mann war schön, aber kalt, wie ein Stein. Ich war vollkommen aufgewühlt, doch meine

Gesichtszüge hatte ich vorbildlich im Griff.

»Mein König«, flüsterte ich ergeben und sah ein Lächeln in seinen Mundwinkeln.

Schon fast mit Ehrfurcht nahm er meine Hand. »Nicht doch, steht auf.«

Ich gehorchte.

»Dreht euch.«

Abermals tat ich, was er sagte. Zufrieden lachte er auf, seine Blicke klebten förmlich auf mir.

»Wisst ihr, ich hatte euch schon erwartet. Doch dass ihr so betörend seid, hätte ich nicht gedacht. Was hat es hiermit auf sich?«

Unter seinem roten Umhang nahm er meinen Stab hervor. Er hatte ihn mir wohl abgenommen.

»Jemand, der mir viel bedeutet, hat ihn mir geschenkt«, antwortete ich wahrheitsgemäß.

»Was macht er?«, fragte Hybris abermals.

Als ich die Hand ausstreckte, gab er ihn mir, ohne zu zögern. Augenblicklich reagierte der Stab unter meinen Fingern und verwandelte sich in einen beachtlichen Kampfstab.

»Alle Achtung«, lachte Hybris begeistert. »Ich habe alles versucht, doch mir gehorcht er nicht. Ihr seid so viel mächtiger, als eure Schwester. Ich spüre es. Wollt ihr mir dienen?«

»Ja, mein König«, antwortete ich und schaute ihm in die Augen.

Er war ganz hingerissen von mir. Wer hätte das gedacht?

»Arion, sorge dafür, dass ein weiterer Thron für dieses wunderschöne Geschöpf gebaut wird.«

»Ja, König Hybris«, erwiderte dieser.

»Ein wundervolles Zimmer«, meinte ich verträumt. »Sind hier alle Zimmer so schön?«

»Ich habe eine Idee«, sagte der König offensichtlich geschmeichelt und wandte sich Arion zu. »Zeige ihr mehr von der Burg. Wer weiß, vielleicht wähle ich sie als Gemahlin. Ich liebe schöne Dinge und ihre Macht wird mich noch unbesiegbarer machen.«

»Aber sicher, mein König«, antwortete Arion und hielt mir den Arm entgegen. »Kommt, junge Frau.«

Ich hakte mich ein, während ich widerwillig zusehen musste, wie Hybris den geschrumpften Stab wieder an sich nahm. Es war mir nicht recht, Josefine erneut zu verlassen, doch es war nötig.

Um nicht aufzufallen, zeigte Arion mir zuerst den Garten vor der Burg. Als er sichergestellt hatte, dass uns niemand folgte, atmete er erleichtert auf.

»Es ist mir so zuwider, jemandem wie ihm zu dienen. Ich tue es nur noch, um den Schaden so gering wie möglich zu halten.«

»Das verstehe ich«, antwortete ich.

Er lächelte müde und fuhr fort.

»Man kann ihn nicht töten. Unter seinem Kerker befindet sich ein Kraftfeld, das es ihm ermöglicht, die Stärke und die Magie seiner Insassen zu nutzen. Er selbst ist kein Magier, doch mittlerweile ist er durch einen künstlichen Schutzzauber nahezu unsterblich. Jeder, der ihn angreift, ist des Todes. Ich kann dir guten Gewissens nur raten, zu flüchten.«

»Ohne Sirion und meine Schwester gehe ich nicht«, entgegnete ich, ohne zu zögern.

»Das habe ich mir schon gedacht«, nickte er. »Dann bringe ich dich in den Kerker. Aber denke nicht, dass er dich erkennen wird.«

»Ich habe eine Frage«, entgegnete ich. »Sirion und König Hybris. Sie sind Brüder, oder?«

»Man kann es nicht leugnen«, antwortete der Gelehrte. »Sirion ist vier Jahre älter, als Hybris. Als ein Seher eines fremden Landes kam und voraussagte, dass der noch ungeborene Hybris eines Tages seinen Bruder töten würde, gaben seine Eltern ihn weg in ein fernes Königreich, an eine Töpferfamilie. Sein Leben war ihnen wertvoller, als die Thronfolge.«

»M-moment mal!«, stotterte ich. »Das soll heißen, Sirion ist der rechtmäßige König?«

»Exakt«, meinte Arion.

Deshalb wollte er zuerst nicht zur Burg. Er muss von seiner Abstammung und der Prophezeiung wissen. Nein, ich würde nicht zulassen, dass es so weit kommen würde.

»Bitte bring mich zu ihm in den Kerker, Arion. Wir werden ihn herausholen, und dieses Königreich von diesem Monster befreien.«

Beeindruckt von meiner Entschlossenheit, bedeutete Arion mir, ihm zu folgen.

»Dort entlang, ähm-.«

»Kelly«, lächelte ich. »Einfach Kelly.«

Der Kerker war ein furchteinflößender, dunkler Ort. Schon nach einem Schritt hinein lief es mir eiskalt den Rücken herunter. Innerlich zerrte etwas an meiner Magie, als wollte es sie mir nehmen, doch es konnte nicht durchdringen. Bewacht wurde dieser Ort komischerweise nicht. Der König war sich seiner Macht wohl zu sicher.

Verzweifelt suchte ich im Halbdunkeln nach Sirion und fand ihn schließlich. Zusammengekauert saß er auf einer Bank und starrte ins Leere.

»Sirion, oh Gott sei Dank!«, rief ich, doch er reagierte nicht.

Das Schloss vor der Zellentür sah massiv aus, doch ich musste unbedingt zu ihm. Und ich wusste auch schon, wie. Die Kraft war in mir, ich musste sie nur nutzen. Mit beiden Händen nahm ich das eiserne Schloss und presste es zusammen. Es gab nach, schmolz und rann zwischen meinen Fingern hindurch auf den Boden. Schnell schüttelte ich die Reste ab, öffnete die Tür und stürmte in die Zelle. Direkt vor Sirion machte ich Halt, ging in die Hocke.

»Hey, kannst du mich hören?«

Keine Antwort.

Ich tätschelte seine Wange, erst leicht, dann etwas fester.

»Komm schon, wach auf! Sieh mich an!« Als ich sein Kinn anhob, sah ich zwei vollkommen leere Augen.

»Seine Seele ist weit weg. Wir werden ihn heraustragen müssen«, bemerkte Arion hinter mir.

Dann wären wir viel zu langsam zum Fliehen. Was sollte ich nur tun?

»Verdammt noch eins, du Weiberheld! Sprich mit mir!«, versuchte ich es erneut und rüttelte ihn.

Da wusste ich plötzlich, was zu tun war. Vorsichtig hob ich sein Kinn noch etwas mehr, rutschte näher an ihn heran und küsste ihn. Für Sekunden verweilte ich so und verlor schon mein letztes Fünkchen Hoffnung, als sich plötzlich eine Hand zärtlich an meinen Hals legte. Erst zögerlich, dann immer wilder, erwiderte er den Kuss. Erleichtert und glücklich öffnete ich meine Augen und sah in seine. Sie waren klar und leuchteten feurig. In diesem Moment hätte ich am liebsten alles andere um mich vergessen. Doch ich wand mich aus seinen Armen, weil ich es musste.

»Ich würde sagen, diesmal hast du dich geirrt, Seher«, meinte ich, die Augen nicht von Sirion lassend.

»Wo sind wir?«, fragte er, mich verträumt anschauend.

»Im Kerker des Königs« antwortete ich. »Übrigens, das ist Arion, Berater des Königs. Er ist unser Freund«, bemerkte ich, auf den Gelehrten deutend.

Sirion nickte ihm zu, als ich zur Tür zeigte.

»Wir müssen uns wohl oder übel deinem Bruder stellen, sonst nimmt das nie ein Ende.«

Zuerst überrascht über mein Wissen, lächelte er dann.

»In Ordnung. Ich folge dir. Egal, wohin.«

»Aber die Prophezeiung!«, wandte Arion beunruhigt ein.

Ich winkte ab.

»Das Schicksal können wir selbst ändern, Arion. Daran glaube ich.«

Und wenn wir es wirklich schafften, würden wir zurückkehren und all die Menschen befreien. Eine andere Version der Geschehnisse wollte mein sturer Kopf gar nicht zulassen.

Ich hätte wissen müssen, dass es meist vollkommen anders kommt, als man denkt. Als ich die Kerkertür öffnete, um uns in die Freiheit zu führen, erschrak ich bei dem Anblick meines Gegenübers.

»Ich dachte mir schon, dass hier etwas faul ist. Deine Augen waren gar nicht so ausdruckslos, wie all die anderen«, spie Hybris förmlich aus, meinen Stab in der rechten Hand drehend. »Ich weiß zwar nicht, wie du dich meiner Magie entziehen konntest, aber glaube mir, wenn ich dich erst unter meiner Kontrolle habe, gehört deine Macht mir. Nun komm schon raus, Hexe.«

Kaum konnte ich meine Furcht vor diesem brutalen Menschen verbergen und als mein Blick auf seine Armee abschweifte, die den Burghof ausfüllte, ging es mir nicht besser. Allerdings hatte ich mit der Zeit gelernt, zu bluffen, sei die Situation auch noch so ausweglos. Hoch erhobenen Hauptes trat ich ihm entgegen und nun war er es, der beunruhigt an mir vorbeischaute.

»Wie hast du meinen Bruder wecken können?«, fragte er mit einem zuckenden Auge. »Und du, Arion. Du hinterhältiger Verräter.«

Wutentbrannt wollte er sich an mir vorbei auf den alten, schwachen Gelehrten stürzen, doch Sirion stellte sich vor uns und ihm somit in den Weg.

»Es ist aus, Gregor. Hör auf, die Menschen zu quälen, die du eigentlich beschützen solltest«, meinte Sirion und bedeutete seinem Bruder, sich zu ergeben.

Dieser wurde so zornig, dass ihm eine Ader auf der Stirn deutlich hervortrat.

»Erwähne diesen Namen nie wieder!«, brüllte er so plötzlich, dass sogar seine Wachen zusammenzuckten. Dann rieb er sich schnaufend die Stirn und schaute wieder zu uns auf, lächelnd, wie eine Schlange, die kurz davor war, ihre Beute in einem Stück herunterzuwürgen. »Du willst den Thron, richtig? Zwanzig Jahre hast du dich nicht blicken lassen und jetzt spazierst du hier hinein und willst meinen Thron?«

»Ich will, dass du aufhörst!«, entgegnete Sirion entschlossen. »Aufhörst mit der Völlerei und den Exekutionen Unschuldiger.

Hör auf, Menschen zu sammeln, als seien sie Dinge. Hör damit auf, nur an dich zu denken. Du bist der König.«

»Du hast es erfasst. Und deshalb kann ich tun, was ich will!«, brüllte Hybris gen Himmel. »Weißt du was, Bruder? Warum treten wir nicht vor den Wassergräben der Burg in einem traditionellen Schwertkampf gegeneinander an. Der Gewinner wird der neue König. Der Verlierer findet den Tod in den Gräben.«

»Das ist Selbstmord!«, keuchte Arion neben mir, doch Sirion streckte Hybris nickend die Hand entgegen.

»Wir haben eine Abmachung.«

Dieser ergriff sie und begann zu lachen, hysterisch, wie ein Irrer.

»Wachen! Sorgt für reichlich Publikum. In einer halben Stunde werde ich meinen Bruder vor meinem eigenen Haus abschlachten. Das wird mein Geniestreich!«

Dann drehte er uns den Rücken zu und warf meinen Stock hinter sich. Wahrscheinlich hatte er sich die Zähne daran ausgebissen und war sich seiner Unverwundbarkeit sehr sicher. Ohne uns eines weiteren Blickes zu würdigen, ging er durch eine Schneise, die seine Schergen ihm öffneten. Dann trotteten sie hinter ihm her und ließen uns zurück.

Ich hatte ein grässliches Gefühl bei der Sache. Wo bekamen wir auf die Schnelle eine Rüstung her? Wo ein Schwert? Sirion konnte unmöglich antreten. Ohne jegliche Hoffnung hob ich den Stab auf und fuhr mit dem Zeigefinger über den Stein, der sofort zu funkeln begann. Es gab nur eine Möglichkeit.

»Ich trete für dich an«, sagte ich entschlossen, das Leuchten beobachtend.

»Das kommt nicht in Frage!«, antwortete Sirion völlig entgeistert und ich sah zu ihm hoch.

»Er hat dir das Schwert abgenommen. Du hast also weder eine Waffe noch anderen Schutz. Willst du so einem unsterblichen Mann entgegentreten? Ich habe wenigstens meinen Stab.«

»Dein verdammter Stab wird dich auch nicht schützen«, fuhr Sirion mich an, riss ihn mir aus der Hand und wedelte damit herum.

Schnell, wie der Blitz fuhr er aus und funkelte, wie frisch poliert.

»Was?«

Ungläubig sah er auf das Stück Titan und auch ich begriff gerade gar nichts mehr. Arion jedoch schien den vollen Überblick zu haben.

»Das wird von der Seelenheilung kommen.« Lächelnd sah er mich an. »Als du ihn in das Hier und Jetzt zurückgeholt hast, legtest du dein eigenes Ich vollkommen offen. Du machtest dich für einen Moment so verwundbar, wie ein Neugeborenes. In diesem Moment hast du wohl einen Funken deiner Magie an ihn übertragen. Ich nehme mal an, vorher hatte er so wenig Magie im Blut, wie der König Herz hat.«

»So ist es«, sagte Sirion und sah mich unentwegt an. Dann ergriff er den Stab fester und sah sich um. »Nun denn, weisen wir meinen Bruder mal in die Schranken.«

»Keiner mischt sich ein!«, begann Hybris, zu seinen Wachen herüberschauend. »Diesen kleinen Schwächling erledige ich alleine!«

In kürzester Zeit hatten die Wachen es geschafft, vor den Toren der Burg mit Hilfe von Speeren und Holzelementen eine kleine, halbrunde Arena zu bauen. Eine riesige Menschentraube stand an der Absperrung, um dem Schauspiel beizuwohnen. Ein Stück des Kampfplatzes grenzte gleich an den Wassergraben vor der Burg, in dem acht ausgewachsene Krokodile schwammen. Es war wohl so gedacht, dass der Gewinner den Verlierer so ohne Mühe loswerden konnte. Arion und ich standen in der ersten Reihe.

»Zuerst möchte ich dir etwas zeigen«, rief Hybris seinem Bruder zu und nickte gleichzeitig nach rechts. Daraufhin zog die Wache neben ihm einen Dolch und rammte diesen dem König in die Seite.

Hybris schrie mit schmerzverzerrtem Gesicht auf, fing sich jedoch schnell wieder. Mit einem diabolischen Grinsen packte er das scharfe Messer, zog es aus seinem Körper und hob sogleich sein Hemd an. Die Wunde blutete nicht, schloss sich stattdessen innerhalb von Sekunden wieder, als hätte der Hieb mit dem Dolch nie stattgefunden.

Hybris lachte auf, schaute dann zur Seite und meinte:

»Wie ungezogen!«

»A-aber Herr, Ihr habt doch-!«

Mit einem Schwung schlug der König sein Schwert in den Körper des Mannes, der sofort in die Knie ging, mit dem Gesicht in den Dreck fiel und sich nicht mehr rührte. Rasch eilten zwei Männer herbei, um ihn vom Platz zu entfernen und ein Dritter, der dem König ein Tuch zum Säubern des Schwertes brachte.

Was für ein Barbar.

»Nun denn«, lachte Hybris, »fangen wir an!«

Im Gedanken, Sirion hätte keine Waffe, schreckte er kurz zurück, als er den sich entfaltenden Stab in den Händen seines Bruders sah.

»Das ändert nichts an der Prophezeiung!«, zischte er schließlich und mit einem irren Schrei rannte er auf Sirion los.

Mir blieb die Luft weg, als dieser sich in letzter Sekunde mit einem Sprung zur Seite vor der Spitze des Schwertes retten konnte. Verzweifelt versuchte ich, Hybris mit einem aufgesagten Lähmzauber zu verlangsamen, doch hatte der listige König einen Abwehrzauber um den Platz geschaffen, der all meine Sprüche abprallen ließ. Ein weiterer Hieb des Königs verfehlte meinen ungeübten Gefährten nur knapp. Ich wollte über die Absperrung klettern, doch prallte auch ich an dem Zauber regelrecht ab. Er war wie eine Kuppel aus unzerstörbarem Glas. Wieder startete der König einen Angriff, traf diesmal Sirions Schulter und sah amüsiert zu, wie sein Bruder mit einem Keuchen in die Knie ging.

»Nein«, schrie ich in Ohnmacht und schlug mit den Fäusten gegen die Barriere. Erfreut über seinen erfolgreichen Schlag, ließ Hybris sich feiern, drehte sich zu seinem Publikum und verbeugte sich.

In meinem Unterbewusstsein spürte ich plötzlich, wie etwas

tief in meinem Inneren kommunizieren wollte. Irritiert horchte ich in mich hinein, wurde ruhiger und fand die Verbindung zu meinem Stab. Durch das unsichtbare Glas hindurch, als sei es gar nicht existent. In Gedanken tastete ich mich in die Waffe hinein, erkundete jeden einzelnen Zentimeter von ihr und kam schließlich zum Stein, den Sirion fest mit seiner rechten Hand umgriff.

Kein Widerstand hielt mich, als ich in die Energie des Königsbruders eintauchte und mich mit ihm verband. Sich die Schulter haltend, riss Sirion den Kopf zu mir herüber und sah mich völlig fassungslos an.

»Du hast mir schon einmal vertraut. Tue es wieder«, flüsterte ich und sah, wie er nickte.

Meine ganze Kraft, die Leidenschaft und Liebe, die ich für ihn empfand, überließ ich ihm. Sein Körper saugte sie gierig auf. Leicht begann ich zu taumeln, doch Arion war zur Stelle und stützte mich, als ich Sirions Blick erneut auffing. Er lächelte.

Während Hybris ihm in seiner Angeberei den Rücken zuwandte, konnte die gesamte Zuschauerschaft beobachten, wie das an Sirions Arm herunterlaufende Blut versiegte. Glücklich bemerkte ich, wie die ausgefranste Fleischwunde sich zu schließen begann. Sirion stand auf, als wäre er nie zu Boden gegangen, und packte den Stab zusätzlich mit der zweiten Hand. Erst jetzt begriff sein Bruder, warum die Menschen so gebannt auf das Geschehen starrten. Nicht er war es, der sie so sehr beeindruckte. Bevor er auch nur ein weiteres Mal ausholen konnte, hatte der Stab ihm die Beine weggeschlagen. Er fiel auf die Knie, als Sirion ein weiteres Mal auf ihn einschlug und fast seinen Rücken traf.

Schnell rollte Hybris sich weg, sprang auf und startete einen Gegenangriff. Ein lautes Klirren ertönte, als das Schwert den Stab traf, der es entzweischlug. Es entgeistert anstarrend, trat der König zurück. Hektisch schaute er sich nach seinen Wachen um.

»Nun macht schon, schlagt ihn tot!«, brüllte er hysterisch. »Angriff!«

»Ihr krümmt dem Jungen kein Haar, sonst greifen wir an!«, schrie eine weitere, vertraute Stimme aus Richtung der Burg.

Es war Erik und er hatte dutzende kleine, aber gefährliche Männer mitgebracht, bewaffnet mit Spitzhacken, Forken und Messern. Angsterfüllt flüchteten einige der Zuschauer und während die Wachen unentschlossen waren, was sie nun tun sollten, konzentrierte ich mich wieder auf Sirion.

Hybris hatte ein weiteres Schwert, wohl von einem der Wachmänner bekommen und schlug immer wieder auf den Stab ein. Mein Gefährte trat zurück, bis seine Füße den Abgrund ertasten konnten. Weiter ausweichen konnte er nicht. Ich spürte seine Furcht und flüsterte:

»Du wirst nicht der sein, der stirbt.«

Als wären seine und meine Seele eins, hielten wir zusammen den Stab, während Hybris lauthals lachend ein letztes Mal ausholte. Rasend stürmte der König auf seinen Bruder zu, der den Stab schützend vor sich hielt. Als das Schwert den Stab berührte, ließ Sirion ihn mit einer Hand los, packte Hybris an seinem Hemd und schleuderte ihn mit seinem eigenen Anlauf über sich hinweg. Aufschreiend verschwand der König in der Grube, bis schließlich ein lautes Platschen zu hören war, gefolgt von einem weiteren, spitzen Schrei, bevor die Krokodile dem König die Gliedmaßen ausrissen. Im gleichen Augenblick verschwand der Schutzwall.

Keuchend taumelte Sirion, ließ den Stab fallen, der von der Tiefe verschlungen wurde und drohte, ebenfalls zu fallen. Noch nie zuvor war ich so schnell gelaufen, wie ich über die Holzplanken hinweg zu ihm sprang. Mit beiden Händen ergriff ich seine und zog ihn zurück.

»Es ist vorbei!«, lächelte ich, den Tränen nahe und er umarmte mich erleichtert. Vielleicht konnte niemand Hybris töten, doch vor seiner eigenen Dummheit konnte keine Magie ihn schützen.

»Ab heute sind Krokodile in diesem Land heilig«, flüsterte mein Gegenüber in mein Ohr.

Ich musste lachen. Da fielen mir plötzlich die Wachen ein. Rasch sah ich zu ihnen herüber, doch sie hatten sich keinen

Zentimeter von der Stelle bewegt und hatten dies wohl auch nicht vor.

»Der Schrecken ist vorbei«, rief Arion aus der Menge heraus. »Der Tyrann ist tot – lang lebe unser neuer König!«

Sofort startete die Menschenmenge einen frenetischen Jubel. Männer stürmten auf uns zu, drängten mich ab und nahmen Sirion auf ihre Schultern. Laut singend trugen sie ihn zur Burg. Glücklich folgte ich der Menge und plötzlich war der, den ich doch so sehr liebte, weiter weg von mir, als ich es eigentlich ertragen konnte. Ich beobachtete, wie man Sirion auf einen der Balkone trug und dort absetzte.

»Kelly?«, hörte ich jemanden hinter mir rufen und drehte mich um. Es war meine Schwester.

»Fine!«, rief ich überglücklich, lief ihr entgegen und schloss sie in die Arme. »Oh Gott sei Dank, es geht dir gut!«

Ich sah, wie Arion mir hinter ihr zunickte und bedankte mich, als er sich abwandte, um in den Wirrungen der Burg zu verschwinden.

»Alles war so leer in mir. Ich dachte, ich würde nie wieder froh!«, schluchzte Josefine und ich drückte sie fest an mich.

»Jetzt ist alles wieder gut. Wir sind alle in Sicherheit«, antwortete ich und sah zum Balkon. Zu Sirion, der sich ordentlich feiern ließ. Vier hübsche Frauen scharten sich um ihn und umgarnten ihn, was ihm augenscheinlich sehr zu gefallen schien. Es versetzte mir einen schmerzhaften Stich ins Herz. Irgendwie war es aber auch klar. Warum sollte es nicht so laufen? Nur tat es so weh!

»Komm, kleine Schwester. Lass uns gehen«, meinte ich so fröhlich, wie es mir möglich war.

»Aber wohin?«, fragte sie und ich deutete zum Tor.

»Egal! Es gibt so viele schöne Orte auf der Welt. Wir finden schon einen passenden Platz für uns.«

Fröhlich stimmte sie mir zu und nahm meine Hand. Still entfernten wir uns aus der Menge.

»Moment«, rief Sirion lauthals, als wir bereits am Tor waren.

Instinktiv drehte ich mich um und sah, dass sein Blick genau auf mich gerichtet war. Sofort war alles still und horchte auf seine Worte.

»Geht nach Hause, Mädels«, wandte er sich den vier Frauen zu, die sich alsbald zurückzogen und schaute mich wieder an.

»Es gibt nur eine, die ich will. Sie ist unbezähmbar, doch ich fange mir gerne mal einen unangenehmen Tritt ein, wenn ich nur bei ihr sein kann.«

Noch immer staunte ich über seine Abfuhr gegenüber den bildschönen, leicht bekleideten Frauen. Nicht fähig, mich zu rühren, starrte ich ihn an.

»Geh nicht, Kelly! Ohne dich wäre das alles hier nicht möglich. Ich will nicht mehr ohne dich sein. Bitte, werde meine Königin«, rief er, mit leicht bebender Stimme.

»Ja«, hauchte ich, ohne auch nur eine Sekunde nachzudenken, und sah ihn erleichtert lachen. Bevor ich weiterdenken konnte, hob mich ein kräftiger Mann auf seine Schultern, trug mich durch die jubelnden Menschen und setzte mich am Balkon ab. Sirion lief zu mir herüber und nahm meine Hände in seine.

»Kelly. Ich liebe dich«, flüsterte er.

»Und ich liebe dich!«, antwortete ich. Tränen liefen mir die Wangen hinunter.

»Nicht doch! So ein schlechter Fang bin ich gar nicht«, bemerkte er, sie mir zärtlich fortwischend.

»Du verrückter Kerl«, lachte ich, schlang meine Arme um seinen Hals und schenkte ihm einen leidenschaftlichen Kuss.

»Lang lebe der König und seine Königin«, rief eine Frau aus der Menge und andere stimmten mit ein.

Doch glückstrunken nahm ich sie nur noch leise wahr. Ein neues Zeitalter würde anbrechen. Niemand sollte mehr hungern oder am Galgen hängen, weil einer es so wollte. Das Erbe König Samuels würde neu aufblühen. Dafür würden wir uns einsetzen. Wir, die Hexe und der Weiberheld, die dem Schicksal ein Schnippchen geschlagen hatten.

WER DIE KRÄHE STÖRT

Ein Poltern riss mich aus meinem Mittagsschlaf und ich fiel um ein Haar von meinem Lieblingsast des alten Apfelbaumes. War das ein Schuss? Beunruhigt sah ich mich um und erblickte sofort den Übeltäter. Es war der Miesepeter, der wohl gerade mit einem ordentlichen Ruck seine Autotür geschlossen hatte. Wir nannten ihn hier alle so, weil ihn noch nie jemand mit einem Lächeln auf den Lippen gesehen hatte. Noch nicht einmal Heiko, und der hatte die Angewohnheit, ständig durch Fenster zu starren. Sah er etwas Appetitliches auf dem Esstisch, klopfte er auch schon einmal an. Bevor es nun zu Missverständnissen kommt, möchte ich etwas erklären. Heiko ist ein Haussperling. Und wenn Sie jetzt denken, wie putzig das doch ist, haben Sie ja überhaupt keine Ahnung. Lassen Sie ihn mal fünf Minuten mit Ihrem Sonntagsapfelkuchen alleine und Sie erleben Ihr blaues Wunder. Ihre Kaffeetafel wird einem Schlachtfeld in Mordor gleichen und irgendwo kugelt ein vollgefressener Spatz zwischen den Tassen herum.

Nun zu mir. Ich bin auch ein Vogel, aber mit Heiko hat meine Erscheinung wenig zu tun. Vielmehr bin ich rabenschwarz und da haben wir es auch schon. Ich bin eine Krähe. Luisa hatte mir den Namen Calla gegeben, den ich sehr mag. Doch gerade ging es nicht um Namen, vielmehr um Verwunderung. Der Miesepeter wohnte eigentlich ein Haus weiter. Er war das genaue Gegenteil von Luisa und ihrem Menschenfreund Tom. Ebenso gegenteilig waren ihre Gärten. Ich liebe Luisas Garten und das tun auch all die anderen Tiere. Er ist ein Paradies für uns und man sieht die Liebe, die in ihn gesteckt wird. Manchmal kann man sie sogar riechen, wenn all die schönen Blumen blühen und die Früchte reif sind. Und er birgt ein Geheimnis, von dem all seine Bewohner wussten, aber nie ein Wort darüber verloren.

Nicht etwa, weil wir dies nicht durften. Eher, weil wir uns als Teil dieses Geheimnisses sahen und nicht darüber sprechen mussten. Miesepeters Garten hingegen war eine Steinwüste. Der Boden war grau, man konnte nicht darin wühlen, fand kein Wasser oder Futter. Wer in diesem Garten blieb, würde körperlich und seelisch verhungern. Mitten in seinem Garten stand ein großes Metallungetüm, das man Grill nennt. Das wurde aber nie benutzt, war einfach nur da. Wahrscheinlich hatte es den gleichen Nutzen, wie sein übergroßes Auto, das er nicht einmal rückwärts in seine Einfahrt fahren konnte. Er versteckte sich dahinter, um nicht zeigen zu müssen, wie klein er eigentlich war.

Ich ertappte mich, wie ich einen langen Hals machte, denn so etwas hatte ich in den elf Monaten, seitdem der Miesepeter eingezogen war, noch nicht erlebt. Er hatte einen Strauß bunter Blumen in der Hand, der so gar nicht zu seinem Gesicht passte und verschwand hinter der Fassade des Hauses. Ich musste mir das näher ansehen. Mittlerweile hatte auch fast der gesamte Rest der Gartenbewohner bemerkt, dass hier etwas Ungewöhnliches passierte. Es fing überall an zu wuseln. Ich flog näher heran und landete ganz unauffällig auf der hohen Mauer des Miesepeters, die sein Grundstück von Luisas trennte. Nun hatte ich einen ausgezeichneten Blick auf diesen verbitterten Mann, von dem ich vielleicht froh war, seine Vorgeschichte nicht zu kennen. Der Blumenstrauß fiel mir erneut auf und irgendwie kam er mir komisch vor. Schon donnerte Miesepeter mit der Faust gegen die Eingangstür von Luisas kleinem Häuschen. Und das, obwohl es eine wunderschöne Westminster Klingel hatte. Sekunden später öffnete sie und wich sofort einen Schritt zurück, als er zu schreien begann. Er schrie so böse, dass ich kaum etwas verstand. Mit der Zeit hatte ich viel von der Sprache der Menschen gelernt. Hin und wieder schaute ich abends durchs Fenster mit in den flimmernden Kasten und hörte ihm zu. Es ging einfacher, wenn die Menschen mit sanfter Stimme redeten. So wie Luisa, wenn sie auf der Bank bei den Rosen saß und mit mir sprach oder der Nachbarskatze Geschichten aus einem großen Buch erzählte. Alles, was ich von Miesepeter verstand war, dass irgendwelche Blumensamen fliegen würden und seinen Rasen versauten. Er meinte wohl den kleinen Fleck, der in der Mitte der Betonwüste noch übrig war, geschnitten mit einer Nagelschere. Nun begriff ich, dass es kein Blumenstrauß war, den er hielt. Er hatte die Blumen aus seinem Rasen gerissen, weil sie ihn störten. Ich sah Wurzeln und Erde. Sogleich holte er aus und schmiss die Blumen vor Luisas Füße. Die Worte, die fortan aus seinem Mund kamen, vermochte ich nicht zu wiederholen. Zu böse und gemein waren sie. Luisa versuchte ihm mit Verzweiflung in der Stimme klarzumachen, dass all die Blumen in ihrem Garten Bienen, Schmetterlingen und auch andere Tieren helfen würden, doch wieder unterbrach er sie.

»Ihr widerliches Viehzeug interessiert mich nicht. Entweder Sie reißen das Grünzeug raus, oder Sie werden es noch bereuen.« Mit den Worten drehte er sich um und ging.

Schon öfter schien ihn die bunte Pracht gestört zu haben, Mauern und Sichtschutze konnten nicht hoch genug sein. Doch nie artete es derart aus. So langsam fand ich es doch recht interessant zu erfahren, warum dieser Mensch so war. Niemand sonst hasste das Schöne und Bunte so sehr, wie er. Die Nachbarn auf der anderen Seite des Gartens, also die Dosenöffner von Optimus dem Kater, freuten sich sogar, wenn sie Besuch von mir und meinen Freunden bekamen. Hingegen hatte ich das Gefühl, dass der Miesepeter mich mit einer Zwille abzuschießen versuchte, wenn ich auch nur einmal versehentlich etwas Verdautes auf seinem Betonboden hinterlassen würde.

Und da stand Luisa, begann zu schluchzen und sackte auf der Treppe zusammen. Wie ein Häufchen Elend saß sie da, während der grundböse Mann von nebenan in sein steriles Haus verschwand. Ich machte mir Sorgen um sie, hatten sie und Tom es doch sowieso nicht so einfach, seit er etwas verloren hatte. Seine Arbeit nannten sie es und ich wusste nicht, was es war. Doch es war ihnen wohl wichtig. Ich riss mich zusammen, bevor auch ich zu weinen begann und flatterte zu ihr herüber, landete zwei Treppen unter ihr und hopste neben sie. Ihren Kopf hatte sie zwischen den Armen vergraben und machte leise Geräusche, die mir das Herz zerrissen. So gerne wollte ich sie aufmuntern, doch wie machte man das als Vogel? Ich konnte sie ja schlecht in den Arm nehmen. Also krächzte ich leise und hatte zumindest ihre Aufmerksamkeit. Sie hob den Kopf und zog ihre Arme beiseite, sah mich mit Tropfen in den Augen an. Ich nutzte die Gelegenheit, um ihr auf das linke Knie zu springen und sie strich mir vorsichtig über den Flügel.

»Ach Calla, was mache ich nur? Warum ist er nur so böse?«, flüsterte sie und senkte den Kopf. »Ich habe Angst vor ihm.«

Und ich konnte sie verstehen. Doch sie brauchte sich nicht zu sorgen. Auch wenn Tom im Moment nicht da war, konnte sie sich doch immer auf mich und meine Freunde verlassen. Wir würden sie beschützen und ich würde nicht zulassen, dass ihr etwas passierte.

Ich räusperte mich und machte dann das, was Luisa immer zum Lachen brachte, denn ich war begabt darin. Aus meinem Schnabel kamen die wunderlichsten Töne, ich richtete mich auf und flatterte dabei, dass ihr die Haare umherflogen. Und tatsächlich begann sie zu kichern, strich sich die Strähnen aus dem Gesicht und trocknete das Wasser mit dem Ärmel ihres Pullovers.

»Danke, Calla«, lächelte sie und sah mich an. »Möchtest du auch Kürbis zu Mittag haben?«

Ich sprang auf ihrem Knie herum und krächzte vergnügt. Luisas Hokkaido liebte ich, doch würde ich nie etwas davon aus dem Garten klauen. Angepickt wurde er nur schlecht. Aber wie konnte ich so ein Angebot ausschlagen? Nun lachte sie und zog mich behutsam an ihren Bauch. Bei niemand anderem hätte ich das zugelassen, doch Luisa war ein guter Mensch, ihre Seele so rein und sie respektierte jedes Lebewesen. Ich breitete die Flügel aus und merkte, dass ich mich geirrt hatte. Ich konnte sie in den Arm nehmen.

Ich achtete auf Luisa, bis Tom am Abend nach Hause kam und mich ablöste. Satt und zufrieden zog ich mich durch das offene Küchenfenster zurück und flog meine abendliche Runde über den Garten und die Nachbarsgärten. Beim Miesepeter war es wie immer still und steril und auf der anderen Straßenseite lag Karl im Garten und döste. In warmen Nächten wollte er gerne draußen schlafen und seine Familie wusste das. Als Rottweiler musste er sich auch keine Gedanken darüber machen, dass ihn jemand klaut. Schließlich ließ ich mich im Apfelbaum nieder und döste sehr schnell ein.

Karls Bellen riss mich aus dem Tiefschlaf und wieder fiel ich fast vom Ast. Es war dunkel, mitten in der Nacht und ich musste mich erst einmal orientieren. Hektisch blickte ich um mich, hinunter auf den Rasen. Es war alles wie immer. Warum regte sich der alte Kerl denn so auf? War der Fuchs wieder auf dem Weg zu den Hühnern im Garten rechts daneben? Vielleicht sollte ich mal nach ihm sehen. Doch Moment, was war das? Ich kniff angestrengt die Augen zusammen und blickte auf etwas, das sich bewegte. Es war eine dunkle menschliche Gestalt und sie hielt einen großen Kasten in einer Hand. Mehr konnte ich nicht sehen. Mir gefiel überhaupt nicht, dass die Gestalt gerade Luisas Garten betrat. Im Haus war nicht ein Licht an, Luisa und Tom mussten schlafen. Der Mensch schien sich bei den Rosen zu bücken und es gluckerte ganz komisch, doch der Brunnen am Teich war doch nachts ausgestellt. Ich beobachtete das schwarze sich bewegende Ding ganz genau und als es unter meinem Baum ankam, fiel es mir wie Schuppen von den Augen.

»Alarm!«, schrie ich, so laut ich konnte und sah zugleich etwas blitzen, gefolgt von grausamer Helligkeit, die sich unter meinem Baum und überall in meinem Blickfeld blitzschnell ausbreitete. Es war schlagartig glühend heiß. Ich stieß mich so stark vom Ast ab, wie ich konnte und flog hoch, versuchte, sehr schnell einen Überblick zu erlangen. Meine Freunde retteten sich vor dem Feuer, halfen sich gegenseitig und da war sie, die Gestalt. Sie lief in Richtung Straße. Im Augenwinkel sah ich, wie Lichter in den umliegenden Häusern angingen. Ich schaute nicht weiter danach, denn ich war fest entschlossen, den Übeltäter zu fangen und zu überführen. Wie wild krähend, schoss ich auf die Gestalt nieder und landete in ihrem Gesicht, kratzte und pickte, was das Zeug hielt. Ich hörte ein Aufheulen und ein beißender Geruch stieg mir immer stärker in die Nase. Er war da seitdem es so eigenartig gluckerte. Für einen Moment war ich unachtsam und konnte nicht mehr ausweichen, als die Gestalt nach mir schlug. Wie eine Keule traf mich etwas am Kopf und schleuderte mich gegen die Hauswand. Mir wurde schwarz vor Augen, noch bevor ich auf dem Boden aufschlug.

»Calla, wach auf«, hörte ich eine leise Stimme in weiter Ferne rufen, doch ich wollte meine Augen nicht öffnen. Etwas umhüllte mich fast gänzlich, es war so schön warm. Ich fühlte mich wohl. Aber die Stimme wurde lauter und plötzlich erkannte ich sie. Ich riss die Augen auf und blickte direkt in die von Luisa. Sie waren nass, wie ihre Wangen. Luisa hielt mich im Arm, eine Hand schützend über meinen Rücken.

Nun lächelte sie. »Gott sei Dank, meine liebe Calla. Ich hatte so Angst, ich würde dich auch noch verlieren.«

Auch noch? So langsam kam meine Erinnerung wieder. Mein ganzer Körper schmerzte und ich hatte einen eigenartigen Geschmack im Schnabel. Vorsichtig blickte ich mich um und sah erst jetzt das blaue, tanzende Licht. Da war ein großes, rotes Auto und blau und rot gekleidete Leute überall. Sie liefen hektisch umher. Und dieser Geruch, was war das? Da schoss es mir wie ein stechender Schmerz in den Kopf. Der Garten, er brannte! Mit einem Ruck wollte ich zurück dorthin, schauen, ob ich meinen Freunden helfen konnte, doch Luisa hielt mich sachte zurück.

»Langsam, mein kleiner Schatz! Ich glaube, mindestens einer deiner Flügel ist gebrochen. Das müssen wir uns erst anschauen. Möchtest du den Garten sehen?«

Ich krächzte leise und kraftlos, doch sie verstand, nickte und wieder lief ihr das Wasser ungehindert über die Wangen. Sie schluchzte leise und Tom strich ihr über den Rücken.

Der Tag brach an und die Sonne offenbarte das grausame Bild der Verwüstung. Die Rosen, alle Beete, mein Baum. Alles war niedergebrannt und qualmte, glühte teilweise sogar noch ein wenig, obwohl man alles anscheinend mit viel Wasser gelöscht hatte. Wir durften nicht weiter hineinlaufen, doch das reichte auch schon. Auch ich konnte mich nicht mehr beherrschen. Das Bild der Verwüstung lies mir das Wasser ungehindert aus den Augen laufen und ich weinte. Es kamen Laute aus mir, die mich selbst erschrecken ließen. Meine Freunde! Wie viele von ihnen konnten sich retten? Ich wollte sie suchen, doch ich konnte mich kaum bewegen. Diese Ohnmacht ließ mich erzittern. Ich spürte, wie Luisas Hand beruhigend über meinen Kopf strich.

»Wir bauen das alles wieder auf, Calla. Das machen wir. Sobald wir in den Garten dürfen, schauen wir, ob wir verletzte Tiere finden. Wir pflegen sie gemeinsam gesund und pflanzen alles neu!«

So viel Zuversicht und das von jemandem, dessen liebster Zufluchtsort in Scherben lag. Mir wurde schwindelig, als Luisa mich wieder mit sich zur Straße trug. Neben uns sprach einer der Menschen in blau von etwas, das sich Brandstiftung nannte und im gleichen Moment fiel es mir wieder ein. Ich wusste, was das ist. Wenn Feuer nicht auf natürlichem Wege entstand. Die Gestalt hatte dies alles verursacht und ich musste sie finden. Aber wie sollte ich das anstellen?

»Karl!«, rief ich und zu meiner Verwunderung antwortete er sofort nicht weit von mir.

»Kleine Krähe, da bist du ja! Ich hatte dich nicht in den Armen deiner Freundin gesehen. Wie geht es dir?« Er bellte so laut, dass Luisa sich automatisch zu ihm umdrehte und da stand er mit seinem Herrchen.

»Wird schon wieder«, antwortete ich kurz und fuhr fort. »Karl, du hast die Gestalt doch auch gesehen, oder? Weil du doch Alarm geschlagen hast.«

»Nein«, schüttelte er den Kopf, dass ihm Sabberfäden um die Ohren flogen und ich blickte enttäuscht zu Boden. »Aber ich habe ihn gerochen! Es war der Miesepeter!«

Schlagartig sah ich ihn wieder an. Ich wusste es!

»Karl, du bist genial!«

»Na ja«, entgegnete er verlegen. »Danke, aber wir können

nichts beweisen.«

»Doch!«, krächzte ich hastig. »Karl, du musst deinen Menschenfreund dazu bringen, mir dir zu dem Betonhaus zu laufen! Wir müssen ihn da rausbekommen.«

Karl nickte nur und machte sich direkt ans Werk. Ich hoffte nur, sie würden den Zusammenhang erkennen. Karls Menschenfreund, der eigentlich gerade mit einem Mann in blauer Uniform sprach, wurde mit einem Ruck einfach weggezogen. Sachte genug, um nicht hinzufallen, doch so bestimmt, dass er vollkommen verdutzt mitlief. Ich habe Karl noch nie so herumwüten sehen. Wie wild bellend, zog er den Mann zum Haus des Miesepeters, setzte sich auf dessen Fußmatte und bellte unentwegt weiter.

»Ich weiß nicht, was in ihn gefahren ist«, versuchte der Mann Karls Gebaren mit lauter Stimme zu entschuldigen. Der Polizist winkte ab und lief zu ihm herüber.

»Kein Problem, das war für alle kein schönes Erlebnis. Außerdem würde ich sowieso gerne mit dem Nachbarn sprechen.«

Genau das wollte Karl erreichen. Er verstummte und trat zur Seite, was den Mann am anderen Ende der Leine jetzt vollends verwirrt zurückließ. Der Polizist, wie man ihn wohl nannte, klingelte und wartete ab, doch nichts geschah. Er schaute nach dem Wagen in der Einfahrt und klingelte erneut. Auf einmal war ein Poltern im Haus zu hören und der Gedanke, es könnte vielleicht niemand zu Hause sein, verflog vollends. Mit einer ärgerlichen Stimme, die ich ihm nicht zugetraut hatte, brüllte der Mann in blau so lange, bis die Tür sich einen Spalt öffnete. Doch es trat niemand heraus.

»Ich möchte, dass Sie herauskommen, damit ich Sie sehen kann. Ich möchte mit Ihnen sprechen!«

Nun endlich kam der Miesepeter heraus, versuchte, sein Gesicht irgendwie mit den Händen zu verdecken. Doch es gelang ihm nicht. Ich hatte es ihm so zerkratzt und zerpickt, dass man es nicht übersehen konnte.

»Moment mal!«, meldete sich Karls Freund zu Wort. »Das

Gesicht! Das muss er sein! Ihn habe ich gesehen, als ich nach Karl geschaut habe, weil er so laut war und sich nicht mehr beruhigen wollte. Ich sah im Laternenlicht, wie ein Vogel auf ihn niedergeschossen war und auf ihn einhackte. Ich wollte ihm hinterher, doch als ich endlich auf der Straße war, war er fort. Ich sah das Feuer und rief die Feuerwehr.«

Ich konnte es kaum fassen, der Mann war Gold wert. Er hatte mich gesehen! Wäre dem nicht so gewesen, hätte Karl sich noch mehr ins Zeug legen und an ihm vorbei ins Haus rennen müssen, damit man vielleicht Beweise finden konnte. Ich war so froh, dass das nicht nötig war!

»Dreckiger Lügner, ich bring dich um!«, schrie der Miesepeter und baute sich drohend auf, wollte auf Karls Freund zustürmen, doch sofort hielten drei Männer ihn auf. Der sonst so gutmütige Rottweiler knurrte bösartig, bereit, seinen besten Freund auf jegliche Weise zu verteidigen. Doch das war nicht nötig.

»Ich denke, wir schauen uns mal in ihrem Haus um!«, deutete der Polizist auf den Betonklotz und ließ sich nicht aufhalten, während der Miesepeter in Schach gehalten wurde. Ich wusste, dass es nun vorbei war. Alles würde wieder in Ordnung kommen. Mein Körper entspannte sich und ich blickte hoch zu Luisa.

»Alles wird wieder gut«, würde ich ihr gerne sagen, doch wie sollte ich das tun? Sie nickte und lächelte mich an, als würde sie verstehen.

Die Leute in Blau hatten alles zu der Brandstiftung im Garten dokumentiert, sagte Tom. Man fand einen roten Benzinkanister und Gummistiefel in der Garage des Miesepeters und er gestand sehr schnell, dass er es war, der diese Säuberung, wie er es nannte, vorgenommen hatte. Anstatt es weiter zu leugnen, war er scheinbar noch überaus stolz darauf. Was ging in solchen Menschen nur vor? Was störte sie derart? Bei ihm würde ich es nicht mehr erfahren, denn nach diesem Tag sah ich ihn nie wieder. Die Natur würde Zeit haben, sich seine Wüste aus Beton zurückzuerobern.

Erst später erfuhr ich, dass alle Nachbarn der Lindenallee zusammengelegt hatten, um die Steinwüste aufzubrechen und einen kleinen Park daraus zu machen. So konnte sich auch niemand mehr an der wieder neu erschaffenen Blütenpracht im Garten daneben stören. Der Zauber hatte sich nahezu unbemerkt ausgebreitet und ich wünschte mir sehr, dass es auf der Welt noch mehr Menschen wie diese gab.

Luisa kümmerte sich aufopferungsvoll um mich und brachte mich zu Leuten mit weißen Kitteln, die anscheinend überrascht waren, jemanden wie mich in ihrem Haus zwischen all den Hunden, Katzen und Wellensittichen zu sehen.

Meine beiden Flügel waren gebrochen, dazu noch ein Bein und ein Schleudertrauma hatte ich wohl auch – was immer das auch ist. Aber viel wichtiger war, dass ich mit einigen Schienen und etwas Bitterem, das ich fortan ein paar Tage essen musste, nach Hause konnte.

Es dauerte zwei Tage und Nächte, bis der Zauber dem kargen, verbrannten Boden neues Leben einhauchen konnte. Er schien etwas eingerostet, doch allgegenwärtig. Am Morgen des dritten Tages sah ich eine unglaubliche Freude in Luisas und Toms Gesichtern, wenn auch vermischt mit Verwirrung und Unverständnis, als sie aus dem Wohnzimmerfenster in den Garten sahen. Den Nachbarn würde es noch ähnlich ergehen, aber die Magie würde dafür sorgen, dass es nicht an die falschen Stellen drang. Es war, als sei nie etwas passiert. Die Rosen blühten schöner denn je, den Salbei konnte man vor Bienen und Schmetterlingen nur erahnen und überall hüpften Vögel auf der Wiese und um die Tränke herum. Meinem Baum wurde kein Ästchen gekrümmt. Ich hätte es wissen müssen, als in der Nacht des Feuers dem Haus, vielmehr seinen Bewohnern, nichts geschah, doch ich war zu geschwächt und konnte nicht klar denken. Für den Moment konnte die Magie nur teilweise erfolgreich der Gewalt der lodernden Flammen trotzen. All meinen Freunden ging es gut. Der Zauber, den einst meine erste Menschenfreundin vor vielen Jahren auf diesen Grund und Boden sprach, war stärker denn je.

Damals konnte ich sie nicht vor ihrem eigenen Volk schützen. Sie lebte als gütiger, hilfsbereiter Mensch und starb als Hexe, gerichtet durch ihresgleichen. Bis heute trauerte ich ihr nach und war lange Zeit der Überzeugung, dass es keine guten Menschen mehr gab. Niemand interessierte sich für das Haus, es hieß, dass es darin spukte.

Dann, nach einer gefühlten Ewigkeit, tauchte diese junge Frau auf und interessierte sich für das alte Häuschen und den verwilderten Garten. Vorurteile und Bösartigkeit suchte man bei ihr vergebens. Sie verbrachte jede freie Minute darin und versuchte, allen tierischen Mitbewohnern ein schönes Zuhause zu erschaffen. Der Garten hatte wieder jemanden gefunden, der reinen Herzens, liebevoll und aufopferungsvoll war. Es würde vielleicht etwas dauern, doch Luisa würde es verstehen. In ihr wohnte die Seele meiner ersten Menschenfreundin, denn sie gab mir einst den gleichen Namen.

DER HOF AM ALTEN BAHNDAMM

»Reich mir doch bitte mal den Käse«, unterbrach meine Mutter die lange Stille. So sehr war es noch nie eskaliert.

Seit Tante Diana von uns gegangen war, wurde Onkel Sascha immer einsamer. Also hatten wir uns dazu entschlossen, eine Art Ritual einzuführen. So sehr er sich auch zurückzog, konnten wir auf diese Weise trotzdem regelmäßig sehen, ob es ihm gut ging. Jeden Samstagmorgen frühstückten wir alle gemütlich mit ihm und versuchten, ihn wenigstens ein bisschen in die Außenwelt mit einzubeziehen. Wir sprachen über aktuelle Geschehnisse und was uns die Woche über bewegte. Ab und an gab es Meinungsverschiedenheiten zwischen Sascha und meinem Vater, weil sie grundlegend verschiedene Ansichten vom Leben hatten. Allgemein taten diese zwei Stunden in der Woche aber uns allen gut.

Ich mochte Onkel Sascha sehr, er war wie ein zweiter Vater für mich. Zumal mein eigener Vater sich, seit ich denken konnte, lieber um andere Dinge, wie Aktien und teure Immobilien, kümmerte. Ich konnte mich nie darüber beklagen, dass es mir an materiellen Dingen fehlte. Es war eher die Nähe, die ich oft schmerzlich vermisste. Onkel Sascha jedoch war immer da, wenn ich ihn brauchte. Alles, was ich über Natur und Tiere wusste, hatte ich von ihm gelernt. Er brachte mir das Schwimmen bei und begleitete mich, als ich mir mein erstes Auto aussuchte. Ich war seine einzige Nichte, Diana und er hatten keine eigenen Kinder. Weil meine Mutter beruflich oft unterwegs war, verbrachte ich viele Nachmittage bei ihnen, aß mit ihnen und Diana half mir bei den Hausaufgaben. Ich vermochte mir kaum vorzustellen, wie Sascha sich fühlte und wie schlimm sein Schmerz war, doch auch mir fehlte Tante Diana sehr.

Heute machte ich einen großen Fehler und sprach einen Plan an, den mein Freund Mark und ich schon länger verfolgten. Wir wollten unsere Stadtwohnung verlassen, um aufs Land zu ziehen. Ein Hof am alten Bahndamm nördlich von hier interessierte uns sehr, doch war er unerschwinglich für uns. Früher war es ein Bauernhof, wie man ihn aus alten Bilderbüchern kannte. Vor einigen Jahren wurde er noch komplett renoviert, doch als der Landwirt vor sechs Monaten mit stolzen hundertunddrei Jahren verstarb, entschied sich sein Enkel, nun doch nicht sein Erbe weiterzuführen. Ich erzählte, dass wir sparten und versuchten, einen Kredit bei der Bank zu bekommen, um ein Angebot für den Hof abgeben zu können. Davon war mein Vater überhaupt nicht begeistert, was ich vollends ignorierte. Er musste langsam lernen, dass ich mein eigenes Geld verdiente und er zumindest darüber nicht bestimmen konnte. Als ich Sascha sagte, dass der Hof groß sei und wir ihn dann auch gerne dort hätten, glänzten seine Augen plötzlich so, wie sie es zuletzt taten, als seine Frau noch lebte.

»Heute Abend kommen unsere Zahlen, Anna. Das spüre ich genau. Und dann kaufe ich euch den Hof«, meinte er glücklich und zuckte zugleich zusammen, als die Hand seines Bruders polternd auf dem Esstisch aufschlug und das Geschirr zum Beben brachte.

»Du Narr!«, brüllte mein Vater ihn an und Sascha wurde immer kleiner auf seiner Eckbank. »Dann wirst du eher vom Blitz getroffen!«

»A-aber Dianas Zahlen«, stotterte der Angesprochene. »Sie spielte fünfzig Jahre damit, ich kann jetzt nicht aufhören.«

»Und in fünfzig Jahren hat sie nicht ein Mal gewonnen. Hätte sie das Geld stattdessen gespart, würden wir jetzt wenigstens etwas-.«

Mein Vater verstummte, bevor er einen wahrhaft dummen Satz zu Ende bringen konnte. Darum ging es also. Ohne ein weiteres Wort stand er auf, verließ das Zimmer und schloss die Wohnungstür mit einem ohrenbetäubenden Knallen hinter sich.

Diana und Sascha hatten immer gut verdient und ebenso gut gelebt. Und das war ihr gutes Recht. Sie hinterließ nichts und kurz nachdem sie von uns gegangen war, verlor Sascha durch einen Unfall seine Arbeit. Er lebte vom Amt und beschwerte sich nie. Alles, was er sich leistete, war der wöchentliche Schein für das Samstagslotto. Und wenn meine Mutter oder ich beim Einkaufen etwas sahen, was ihm besonders schmecken oder einfach gefallen würde, nahmen wir es mit und jubelten es ihm heimlich unter. Er mochte es nämlich nicht, wenn wir ihm etwas schenkten und wollte uns immer etwas dafür geben, doch das wollten wir wiederum nicht, weil wir wussten, wie es finanziell um ihn stand. Wenigstens nahm er es mit Humor, wenn er dann plötzlich etwas Neues in seinem Kühlschrank vorfand.

Ich hatte das dringende Bedürfnis, mich für meinen Vater zu entschuldigen. Den Käse an meine Mutter reichend, sah ich ihn an.

»Ach Onkel Sascha, nimm es ihm nicht krumm. Du kennst ihn«, lächelte ich ihn an. »Spiel so lange, wie du selbst es willst. Tante Diana wird es freuen. Und ich danke dir für dein großzügiges Angebot.«

Nickend erwiderte er mein Lächeln, brachte jedoch im Moment keinen Ton heraus. Das war nicht verwunderlich, denn mein Vater konnte eine furchteinflößende Gestalt sein.

Die Geschehnisse am Morgen begleiteten mich den ganzen Tag über und brachten mich immer wieder zum Grübeln. So gerne wollte ich meinem Vater zeigen, dass Mark und ich auf eigenen Beinen standen und durchaus auch etwas zustande bringen konnten. Aber etwas anderes war mir noch viel wichtiger. Ich wollte Onkel Sascha wieder lachen sehen.

Am Abend, als ich mit Mark auf dem Sofa saß, erreichte mich ein Anruf. Es war Saschas Nachbarin Traudel, die mir aufgeregt berichtete, dass mein Onkel einen Anfall gehabt hätte. Es hatte in seiner Wohnung laut gepoltert. Seine Tür war nie abgeschlossen, also schaute sie nach und fand ihn im Wohnzimmer liegend. Sofort hatte sie den Notarzt gerufen.

In meinem Entsetzen brachte ich kein Wort heraus, war kaum in der Lage zu denken. Mark fuhr mich ins Krankenhaus und verständigte meine Eltern. Onkel Sascha war eigentlich gesund und in guter Verfassung, wenn auch etwas dünn.

Was war passiert?

Im Krankenhaus angekommen erfuhr ich, dass er einen schweren Herzinfarkt erlitten hatte. Er lag auf der Intensivstation und war nicht ansprechbar. Als ich ihn sah, kamen mir die Tränen. Immer traf es die herzensguten, liebsten Menschen. Seine Gesichtshaut war aschfahl und ich hatte einfach nur Angst, ihn auch noch viel zu früh zu verlieren. So gerne wollte ich bei ihm bleiben und über ihn wachen, doch man ließ mich nicht. Also saß ich zusammen mit Mark auf dem Flur und wartete vergebens darauf, dass jemand kam und sagte, Sascha sei wieder aufgewacht und könnte bald nach Hause. Mark hielt mich einfach nur im Arm und sagte nichts. Auch nicht das Offensichtliche, dass meine Hoffnung auf eine so schnelle Genesung unrealistisch war und wir auch erst einmal nach Hause fahren konnten. Er wusste, dass auch mir das im Inneren bewusst war und hielt mich einfach nur fest.

Nach etwa einer halben Stunde trafen auch meine Eltern ein und irgendwann hatte mich mein Vater überredet, mit in Saschas Wohnung zu gehen, um einige Dinge für den Aufenthalt im Krankenhaus zusammenzupacken. Mark würde so lange bei meiner Mutter bleiben. Ich fuhr mit, sprach aber kaum ein Wort mit ihm.

Der vertraute leichte Geruch von Räucherstäbchen trat mir in die Nase, als ich Saschas Wohnungstür öffnete. Seine Reisetasche fand ich schnell im Kleiderschrank und räumte eher etwas unkoordiniert einige Dinge hinein, von denen ich dachte, dass sie benötigt wurden. Mein Vater hingegen durchstreifte die Zimmer und hatte wie immer Struktur und einen Plan. Also überließ ich ihm den Rest. Als ich an den Wohnzimmertisch trat und diesen eigentlich etwas aufräumen wollte, wurde ich schlagartig kreidebleich.

Da lag der Lottoschein und daneben ein Notizzettel. Sascha schrieb die Zahlen immer aus dem Teletext ab, aber diese waren die Zahlen vom vergangenen Mittwoch, was ich durch Zufall wusste, er jedoch offensichtlich in seinem Schreck nicht bemerkt hatte. Er dachte vermutlich, dass er den Jackpot geknackt hatte. Alle Zahlen samt Superzahl stimmten mit den Zahlen in der dritten Reihe auf dem Schein überein. Konnte es sein, dass diese Situation seinen Herzinfarkt ausgelöst hatte?

Mein Vater trat neben mich und verstand erstaunlich schnell. Sein Gesicht wurde jedoch puterrot.

»Er hat die falschen Zahlen notiert«, bemerkte ich, als er schon nach dem Schein griff und diesen samt Notizzettel wutentbrannt zu Konfetti zerfetzte. »Warte!«, japste ich, doch er schlug meine Hand weg.

»Das geschieht ihm recht, dieser Idiot«, grollte er.

Danach sprachen wir gar kein Wort mehr miteinander.

Die Tasche brachte ich ins Krankenhaus und bei meiner Mutter ließ ich mir nichts anmerken, aber innerlich brodelte es in mir. Ich war so aufgewühlt, wie nie zuvor und auch wenn sein Bruder ihn im Stich ließ, würde ich doch immer für Onkel Sascha da sein.

Die nächsten Tage waren grauenvoll. Jeden Tag besuchte ich meinen Onkel, dem es einfach nicht bessergehen wollte und jeden Abend ging ich mit einem komischen, undefinierbaren Gefühl ins Bett.

Am kommenden Samstag wollte ich den Kopf frei bekommen, schnappte mir mein Fahrrad und fuhr ziellos umher. Irgendwann stand ich vor dem Haus, in dem Sascha im dritten Stock wohnte und wusste nicht einmal, wie ich dort hingekommen war. Ich stieg vom Rad und zugleich kam mir ein Gedanke. Der Gedanke, der mir bisher abends fehlte, um etwas besser einschlafen zu können. Plötzlich war er da. Tante Diana hatte irgendwann ihren Lottoschein kopiert, weil sie meinte, dass er ja mal wegkommen könnte. Dann hatte sie die Kopie ganz oben im Kleiderschrank deponiert. Ich stieg vom Rad, machte mich auf die Suche nach dieser Kopie und fand sie in der Tat noch dort. Schnell hatte ich den Entschluss gefasst, für sie beide zu spielen, wo sie nun doch beide verhindert waren und die Samstagsziehung eigentlich für sie jede Woche das Highlight war. Gerade noch rechtzeitig vor Abgabeschluss erreichte ich den Lottoladen, suchte einen Zettel aus, trug alle Zahlen ein und spielte.

Abends saß ich gespannt mit Mark zusammen auf der Couch und wartete die Ziehung ab. Doch die Enttäuschung ließ nicht lange auf sich warten. Nicht mal drei Richtige hatten wir. Traurig ließ ich mich in die Kissen sinken.

»Ist doch nicht schlimm, Anna«, sagte mein Freund beruhigend. »Onkel Sascha wird es trotzdem freuen, dass du für ihn gespielt hast. Außerdem war die Chance doch auch – Moment mal!«

Ich hatte mich so auf die Lottozahlen konzentriert, dass ich den Rest vergessen hatte. Auch war mir bis zu diesem Moment nicht bewusst, welchen besonderen Schein ich ausgefüllt hatte. Die Zahlen des Spiel 77 bestanden komplett aus dem Geburtsdatum meiner Tante. Und noch mehr. Sie stimmten ausnahmslos mit denen auf unserem Schein überein. Onkel Sascha hatte soeben einen hohen sechsstelligen Geldbetrag gewonnen. Das würde alles für ihn ändern, wenn es ihm dann endlich wieder besserginge.

In der kommenden Woche erholte sich mein Onkel erstaunlich schnell und konnte schon bald entlassen werden. Die Ärzte konnten sich gar nicht erklären, wie eine so schnelle Genesung nach dem Aufenthalt in der Intensivstation möglich war. Dass er die falschen Zahlen notiert hatte, begriff er sehr schnell und ich habe ihn lange nicht mehr so glücklich gesehen, als ich ihm sagte, dass ich seinen Schein weitergespielt hatte. Und da wusste er noch gar nicht, dass er nun einen Haufen Geld besaß.

Einen Monat später waren wir gemeinsam auf unserem

kleinen Hof angekommen. Onkel Sascha hatte fortan sei eigenes Reich und die Verantwortung für fünf Hühner und zwei Ziegen. Er blühte mit seiner Aufgabe richtig auf. Ich war ihm unendlich dankbar, dass er sein Versprechen wahr und es uns möglich gemacht hatte, unseren Traum zu verwirklichen. Und auch Traudel hatte Onkel Sascha nicht vergessen, denn ohne sie wäre er vielleicht nicht mehr am Leben. Während sie plötzlich das Auto ihrer Träume vor ihrer Tür stehen hatte, genossen wir fortan die Freiheit und die Gesellschaft mit Menschen, die wir liebten, auf dem Hof am alten Bahndamm.

EINE PIZZA WÄRE AUCH OKAY

oder Rettungsaktion für Jule

Meetings waren nützliche Treffen, in denen sich die Mitarbeiter der verschiedenen Abteilungen austauschen konnten, um Probleme zu lösen und neue, innovative Wege zu finden. Allerdings hatte das wohl niemand unserem Kollegen Meisner aus der Marketingabteilung weitererzählt. Seit drei Stunden offenbarte er uns seine 76-seitige PowerPoint Präsentation und das einen Tag vor Heiligabend.

»Eintausenssechshundertzweiunddreißig«, hörte ich unseren Abteilungsleiter neben mir flüstern und schaute ihn fragend an. »Löcher in der Decke«, ergänzte er grinsend und blickte kaum merklich nach oben.

Wir mussten beide lachen und bemühten uns, dies leise zu tun, zogen aber sofort den vernichtenden Blick unseres neben dem Beamer stehenden Kollegen auf uns. Mit Mühe rissen wir uns zusammen, als ich einen weiteren Kollegen aus einer anderen Abteilung entdeckte, der im Schutz seiner Sonnenbrille eingeschlafen war und dessen Kopf nun Gefahr lief, von seinen Händen zu rutschen, die er unter dem Kinn gefaltet hatte. In dem Moment, als mein Handy zu klingeln begann, schreckte er mit einem kurzen Kreischen auf.

Eine Entschuldigung murmelnd, sprang ich auf und rannte hinaus. Normalerweise war mein Handy in Besprechungen immer stumm geschaltet, aber meine Eltern waren gerade auf dem Weg nach Malta und es war mir sehr wichtig, zu wissen, dass die Reise problemlos verlief. Die Nummer auf dem Display kannte ich jedoch nicht.

»Ja?«, meldete ich mich kurz und sofort überrollte mich der Redeschwall eines kleinen Mädchens.

»Tante Laura, ich brauche dringend deine Hilfe. Onkel Boris will Jule morgen umbringen. Ich weiß nicht, was ich tun soll. Komm schnell!«, sprach meine Nichte Pauline so hektisch und verzweifelt in den Hörer, dass ihre Stimme sich mehrmals überschlug.

»Ganz langsam, Pauline«, entgegnete ich doch recht ratlos über ihre Worte. »Wer ist Jule und was soll das heißen?«

Ich hörte, wie sie tief durchatmete und versuchte, sich zu beruhigen.

»Jule ist unsere Gans. Sie ist so lieb und geht immer mit mir spazieren. Wir haben sie jetzt ein Jahr und sie ist so kuschelig und süß. Boris will sie schlachten und zu Weihnachten mit Rotkraut und Klößen servieren. Ich muss sie retten. Wir müssen sie retten. Komm doch über Weihnachten zu uns.« Nach einer Pause ergänzte sie: »Bitte, Laura. Du bist die Einzige, die mir helfen kann!«

Was sollte ich tun? Meine zwölfjährige Nichte zusehen lassen, wie ihr geliebtes Haustier erschlagen und ihr dann in Teilen auf einem Teller vorgesetzt wird? Niemals!

»Ich komme, sobald ich kann, Pauline. Ich verspreche es dir!«, entgegnete ich und spürte förmlich, wie Pauline aufatmete.

»Oh danke!«, keuchte sie. Ich versicherte ihr, mich sofort nach der Arbeit in den Wagen zu setzen, zu Hause ein paar Sachen zu packen und auf den Hof ihrer Eltern zu fahren. Es würde wohl ein außergewöhnliches Fest werden, aber da meine Eltern in diesem Jahr sowieso nicht zu Hause waren, hätte ich es sonst alleine gefeiert.

Gerade als ich auflegte, trat mein Abteilungsleiter aus dem Seminarraum.

»Ein Notfall?«, fragte er lediglich und ich antwortete:

»Eine Gans, die dem Beil ins Auge schaut und gleichzeitig das Haustier meiner Nichte ist.«

Er lächelte. »Definitiv ein Notfall. Retten Sie die Gans. Ich werde Sie entschuldigen. Und Frohe Weihnachten!«

Ich bedankte mich mehr als erleichtert und wünschte ihm ebenfalls ein schönes Fest.

Gut zwei Stunden später war ich auf dem Weg zum Hof meiner Verwandtschaft. In meinem Wagen befanden sich außerdem ein Koffer und Geschenke für die Familie, die ich vom Hofladen meines Wohnortes zusammenstellen ließ. Paulines Eltern, Onkel Hans und Tante Marta, wollte ich nicht zur Last fallen und hatte in einer Pension in der Nähe zwei Nächte gebucht. Sie und meine Eltern waren leider nicht die sich einander liebende Verwandtschaft, doch ich kam immer sehr gut mit ihnen aus. Ihre kleine Tochter war mir besonders ans Herz gewachsen. Letztes Jahr im Sommer war ich mit meiner Familie zu Besuch und eines Abends haben Pauline und ich ein hilfloses Vogelbaby gefunden. Weder ein Vogelnest noch die Eltern schienen in der Nähe gewesen zu sein, jedoch hatte sich schon eine Katze angepirscht. Also nahmen wir das Vögelchen mit und zogen es gemeinsam in unseren Ferien auf. Es wurde eine kräftige Amsel, die seitdem stets im Apfelbaum neben Paulines Zimmer über sie wachte und sich manchmal einige Körnchen auf der Fensterbank schmecken ließ.

Die Begrüßung auf dem Hof war ebenso herzlich, wie aufrichtig voller Freude. Ich war richtig glücklich, die Weihnachtstage bei einem Teil meiner Familie verbringen zu können. Und man bestand trotz meines Überraschungsbesuchs darauf, dass ich im Gästezimmer übernachten sollte. Also stornierte ich mein Zimmer in der Pension und zahlte lieber die Gebühren für den Ausfall.

So saßen Tante Marta, Pauline und ich am späten Nachmittag vor dem Kamin im Wohnzimmer. Onkel Hans war Landtierarzt und würde vermutlich sehr spät nach Hause kommen und Boris, seinen Bruder hatte ich bisher kaum zu Gesicht bekommen. Er lebte in einem kleinen Häuschen am Rande des Hofes und galt als eigenbrötlerisch und griesgrämig. Auch am Weihnachtsabend würde er nicht mit uns an einem Tisch essen, sehr wohl wollte er jedoch Jule an den Hals.

Spät am Abend traf ich mich mit Pauline unter dem

Apfelbaum. Sie hatte ihrer Mutter gesagt, dass sie mir die Hühner und Ziegen zeigen wollte. Das tat sie auch, doch dann besuchten wir ihr eigentliches Ziel.

Als die Gans das kleine Mädchen entdeckte, watschelte sie leise schnatternd aus der hinteren Ecke des Hundezwingers hinaus, um es zu begrüßen. Pauline ging am Gitter in die Hocke und strich der schneeweiße Gans über den Kopf, den sie zwischen den Gitterstäben hinausgereckt hatte. Und der Vogel schloss die Augen. Es schien, als sei das Tier tieftraurig und würde genau wissen, was bald passierte. Pauline schniefte und auch meine Augen füllten sich mit Tränen. Die Bindung zwischen den Beiden war etwas Besonderes. Ich konnte nicht zulassen, dass Jule morgen auf unseren Tellern liegen würde.

»Wir brauchen einen Plan«, meinte ich, beugte mich hinunter und nahm das fröstelnde Mädchen in den Arm. Pauline nickte. Auch ich durfte das Tier anfassen und sogar seinen Hals kraulen.

»Wir holen dich da schnellstmöglich raus«, sagte ich entschlossen, sah mir den Zwinger genau an und hatte schon eine Idee. Doch zuerst mussten wir uns etwas ausruhen. Morgen früh würde eine Rettungsaktion für Jule starten. Dann, wenn noch alle anderen schlafen würden.

Ich brachte Pauline zu Bett und sagte ihr, dass sie unbedingt etwas schlafen müsse, weil wir morgen ganz früh aufstünden. Dann würden wir das Schloss des Zwingers knacken und ich würde Jule zu einem Freund bringen. Dort wäre sie in Sicherheit und wir könnten über nächste Schritte nachdenken. Und wenn alle anderen aufstehen, wäre ich schon wieder auf dem Hof.

Um Punkt fünf Uhr morgens standen wir also beide wieder im schwach beleuchteten Hof vor dem Zwinger. Pauline hatte ganz kleine Augen. Bestimmt hatte sie kaum geschlafen, doch Jule war für sie unheimlich wichtig. Und wenn jemand das verstehen konnte, war ich das. Es war kalt heute Morgen und der leichte Nieselregen, der die Straßen vermutlich bald in einen Spiegel verwandeln würde, kostete mich Zeit. Ich war jedoch zuversichtlich. Ohne einen Ton von sich zu geben und als ob sie genau wusste, was passieren würde, tapste die Gans zur Tür des

Verschlags.

»Hast du den Schlüssel?«, flüsterte ich, Pauline nickte und gab ihn mir sofort.

»Was soll das werden?«, durchbrach eine polternde Stimme die Stille und wir erschraken fürchterlich.

Instinktiv ließ ich den Schlüssel mit einer unauffälligen Bewegung in meine Jackentasche gleiten. Wir drehten uns langsam um und da stand er.

»O-onkel Boris«, stotterte Pauline. »Wir wollten nur...also...«

»Pauline wollte mir das Federvieh zeigen«, ergänzte ich und legte meinen Arm um die Kleine. »Bei den Hühnern waren wir schon.«

Boris lachte. »Mehr gibt es auch hier nicht zu sehen. Der Gans geht es jetzt an den Kragen.«

Jetzt? Im gleichen Moment sah ich, dass er ein Beil in einer Hand hatte. Ich wusste nicht weiter.

»Bitte Onkel Boris, tu ihr nicht weh. Ich werde mich um sie kümmern, versprochen«, schluchzte Pauline verzweifelt und stellte sich schützend vor die Tür. Ich tat es ihr nach. Boris jedoch fuchtelte wenig beeindruckt mit dem Beil herum und kam näher.

»Das ist der Lauf der Welt, du hast deinen Vater doch gehört, dummes Kind. Und jetzt verzieht euch, sonst sperr ich euch stattdessen in den Zwinger.«

»Boris«, hörte ich eine mir bekannte Stimme in bestimmtem Ton rufen und sofort drehte sich der Angesprochene zum Haupthaus um.

Es war Marta. Sie stand im Eingang und winkte ihn zu sich herüber. Knurrend wendete er sich von uns ab und ich hörte förmlich den Stein, der uns beiden vom Herzen fiel. Jule konnten wir im Moment nicht retten, doch das verschaffte uns Zeit. Wir folgten Boris und ich fragte mich einfach nicht, warum auf diesem Hof schon um die Zeit fast alle Bewohner putzmunter waren.

»Boris, könntest du mir bitte Rotkohl und Zwiebeln aus dem Gewächshaus holen? Und bring bitte reichlich mit. Ich koche auch für Familie Müller. Pauline, du hilfst ihm beim Tragen«, lächelte die Mutter nun ihre Tochter an, die jedoch vollkommen verzweifelt abwechselnd zu ihr und mir sah.

»Aber, ich möchte nicht. Mama, bitte!«

»Mach, was deine Mama sagt«, nickte ich, flüsterte dann »und mach dir nicht so viele Sorgen.«

Offenbar reichlich enttäuscht schleuderte Boris die Axt in den aufgeweichten Boden und wollte gerade gehen, da hielt Marta ihn erneut auf.

»Hier, Boris. Dein Kräutertee. Und denk daran, was der Arzt gesagt hat. Du musst ihn komplett trinken, während er noch heiß ist. Nur so wirkt er.«

Grummelnd nahm der Angesprochene ihr die Kanne ab und stapfte davon, während Pauline ihm widerwillig hinterherlief.

»Lass dich nicht täuschen, er ist ein herzensguter Kerl«, sagte die Mutter und unterbrach damit meine gegenteiligen Gedanken. Ich sah sie fragend an und sie seufzte. »Das letzte Hemd könnte man von ihm haben, aber sein Feingefühl gleicht leider dem eines Ochsen.« Ich musste schmunzeln, als sie fortfuhr. »Und, wie ist nun der Plan?«

»Was für ein Plan«, entgegnete ich verblüfft und nun lachte sie.

»Laura, ich kenne meine Tochter sehr gut. Und ich sehe doch, wie sehr sie an der Gans hängt. Niemals würde ich zulassen, dass meiner Kleinen so das Herz gebrochen wird und ich hatte selbst schon überlegt, wie ich das Tier von hier fortschaffen kann. Es ist nicht einfach mit zwei Männern, die sich immer zu achtzig Prozent von Fleisch ernähren wollen.«

Sehr glücklich darüber, dass Paulines Mutter voll hinter ihr stand, zeigte ich ihr den Schlüssel.

»Pauline und ich wollten Jule gemeinsam in mein Auto bringen und ich hätte sie dann zu meinem Freund gefahren. Nach den Feiertagen wäre ich dann nach Hause gefahren und hätte zusammen mit ihm in meinem Garten ein Heim für sie geschaffen. Pauline hätte ihre kleine Freundin dann besuchen können, wann immer sie möchte und ich freue mich über

Gesellschaft auf der Terrasse. Jule ist so ein liebes Tier.«

»Guter Plan«, entgegnete Marta. »Aber ich hätte da eine kleine Änderung, wenn das für dich in Ordnung wäre. Ich hätte nämlich auch mehr Ruhe, wenn du nicht im Dunkeln über die glatte Landstraße und durch den Wald fährst.«

Ich war überaus beeindruckt von Martas Planänderung und konnte mir ein Lachen nicht verkneifen, als sie mir verriet, dass der Kräutertee für Boris heute eine besondere Zutat hatte. Sie hatte das Erstbeste und Ungefährlichste genommen, das ihr einfiel und eine Handvoll Baldrian, der eigentlich als Kissenfüllung für die Katzen gedacht war, mit aufgebrüht. Boris würde es nicht merken, da er den eigenartigen Tee immer sehr stark trank.

Und tatsächlich war er schon als er mit Pauline aus dem Gewächsaus zurückkehrte so müde, dass er sich doch noch ein halbes Stündchen vor dem Schlachten der Gans hinlegen wollte. Aus der halbe Stunde wurden sechseinhalb Stunden. Und während Hans noch beim Außendienst war, brachte ich mittags zusammen mit Pauline eine große Portion Rotkohl mit Klößen zu Familie Müller und Jule zu meinem Freund. Später stand Boris vollkommen ratlos und sichtlich geknickt vor dem leeren Zwinger. Er hatte schon den gesamten Hof abgesucht und niemand wusste, wo Jule war. Pauline trat neben ihn und zupfte an seinem Hemdsärmel.

»Onkel Boris, sei nicht traurig.«

»Aber das ist das erste Weihnachtsfest ohne Braten. Nur Rotkohl und Klöße, da wird doch keiner satt«, schnaufte er, als die Kleine ihm einen Flyer vor das Gesicht hielt und meinte:

»Was sagst du dazu?«

Seine Mimik wurde merklich entspannter, als er plötzlich lachen musste und der Kleinen den Kopf tätschelte.

»Das wird ein eigenartiges Weihnachtsessen. Aber ja, eine Pizza wäre auch okay.«

DIE KRÄHE UND DER SCHMETTERLING

Beharrlich zerrte der Wind an den Ästen des einzigen Baumes in der Straße. Die Meteorologen sagten für Heiligabend orkanartige Böen voraus. Wie sich nun herausstellte, hatten sie gewaltig untertrieben. Im Schutz des Glases meines Wohnzimmerfensters blickte ich besorgt hinaus. Zu gerne hätte ich den heutigen Tag bei meiner Familie im Süden verbracht, doch die Brücke, welche stadtauswärts führte, war vor drei Tagen überraschend gesperrt worden. Außerdem wurden aufgrund der Wetterlage sowieso sämtliche Flüge gestrichen. So blieb mir keine andere Wahl, als sie anzurufen.

Lustlos wandte ich meinen Blick ab und schlurfte zur Couch hinüber. Auf den alljährlichen Klamauk im Fernsehprogramm hatte ich keine Lust. Es war sowieso jedes Jahr das Gleiche. Während der Wind im Takt pfiff, setzte ich mich neben meinen kleinen, bunt geschmückten Weihnachtsbaum und begann traurig für mich alleine ›O Tannenbaum‹ zu summen. Dieses Weihnachtsfest war bis jetzt das einsamste und traurigste in meinem Leben und immerhin hatte ich schon vierundzwanzig erlebt.

Rückblickend verfluchte ich den Tag, an dem ich zu Hause ausgezogen war, um in einer völlig fremden Stadt weitab vom Elternhaus und meinen Freunden zu studieren. Ich passte nicht in diese Anonymität und ich würde froh sein, wenn ich zurück in die Heimat ziehen konnte. Schmetterling nannten meine Freunde mich zu Hause. Ich liebte es bunt und war stets gut gelaunt. Mittlerweile hatte der Schmetterling jedoch an Farbe eingebüßt. Ich fühlte mich wie eine graue Motte. Immer mehr vereinnahmte mich die Angst, dass ich mich in dem farblosen

Einheitsstrudel der Einsamkeit verfangen und ertrinken würde.

Ich spürte, wie eine Träne meine Wange hinunterlief.

Plötzlich ertönte ein dumpfer Knall. Erschrocken fuhr ich herum und sah zum Fenster, wo das Geräusch anscheinend herkam. Etwas war auf meiner Fensterbank. Schnell sprang ich auf, lief hinüber und sah, was es war. Eine Krähe hatte im Sturm die Kontrolle verloren und war mit meiner Scheibe kollidiert. Nun taumelte sie auf meiner Fensterbank und drohte, abzustürzen. Hastig ergriff ich den Hebel und zog das Fenster auf. Sogleich wehte ein heftiger Windstoß hinein und blies mir kräftig die Haare um die Ohren. Dagegen ankämpfend, streckte ich flach atmend die Hand nach dem Vogel aus, um ihn in Sicherheit zu bringen. Im gleichen Moment riss ihn eine weitere Böe von der Fensterbank herunter. Das Letzte, was ich von ihm sah, war ein purpurfarbener Ring um seinen rechten Fuß. Das war nicht möglich!

»Nein!«, schrie ich verzweifelt dem Wind entgegen und lehnte mich ein Stück hinaus. Entdecken konnte ich ihn nicht, doch ich würde ihn auch nicht irgendwo auf der Straße sterben lassen. Mit einem Ruck schlug ich das Fenster zu.

Das Chaos der umhergewirbelten Zeitungen im Wohnzimmer ignorierend, lief ich in den Flur, schlüpfte aus den Hausschuhen in die Turnschuhe und öffnete entschlossen die Wohnungstür. Meinen Mantel überziehend, raste ich die Treppe hinunter. Der Wetterdienst hatte den Bürgern empfohlen, das Haus heute nicht zu verlassen, da umherfliegende Gegenstände Passanten verletzen könnten. Andere konnten tun, was sie wollten, doch wenn ein Tier in Not geriet, schaute ich nicht weg.

Gründlich sah ich überall nach, leider fand ich die Krähe jedoch nicht. So weit konnte sie doch nicht getrudelt sein! Beharrlich zerrte der Wind an mir und blies mir scharf ins Gesicht, sodass ich kaum atmen konnte. Ich musste diese Krähe finden. Da war etwas an ihr. Dieser Ring um ihren Fuß, er erinnerte mich an vergangene Zeiten. Es konnte nicht sein und doch gab es keinen Zweifel.

Als ich vierzehn Jahre alt war, bekamen wir einen neuen Mitschüler in die Klasse. Sein Name war Sivan und er war eine außergewöhnliche Erscheinung. Stets dunkel gekleidet, trug er seine schwarzen Haare immer als Zopf. Er ging jeder Art von Kontakt aus dem Weg und wurde rasch zum Außenseiter. Schnell hatte er den Spitznamen ›Krähe‹ weg, so düster, wie er erschien. Mehrmals versuchte ich, ihn anzusprechen, bekam aber nur spärliche Antworten. Meist war er pünktlich zum Unterrichtsschluss wie vom Erdboden verschluckt und in den Pausen fand man ihn auch nicht auf dem Hof. Dann eines Tages betrat er den kleinen Blumenladen meiner Mutter und kaufte einige Töpfchen mit Immergrün.

Das war meine Chance, dachte ich und kam aus dem Büro hervor, um ihn anzusprechen. Ich fragte ihn, ob er seiner Mutter im Garten helfen würde, doch er verneinte, noch immer etwas perplex wegen meinem kleinen Überfall. Stattdessen fragte er mich, ob ich mit ihm mitkommen wollte. Ich stimmte zu, nahm ihm zwei der Töpfchen ab und folgte ihm brav. Alles hätte ich gedacht, nur nicht, dass der nahe gelegene Friedhof unser Ziel war.

»Ist jemand hier, den du kanntest?«, fragte ich vorsichtig.

Er jedoch verneinte erneut, wandte sich zu mir um und sah zum ersten Mal mit seinen eisblauen Augen direkt in meine.

»Manchmal besuche ich diesen Ort, um denen, die vergessen wurden, etwas zu schenken«, antwortete er. »Niemand hat es verdient, vergessen zu werden.«

Erstaunt sah ich, wie er auf ein völlig verwahrlostes Grab deutete und trat näher heran. Neben mir ging Sivan in die Hocke, buddelte mit bloßen Fingern ein Loch und setzte eine der blühenden Pflanzen ein.

Sofort verstand ich, was er meinte. Ich sah mich um und erblickte ein paar Meter entfernt eine Gießkanne. Als ich das Pflänzchen damit goss, sah ich ihn zum ersten Mal lächeln.

Seit diesem Tag fand ich ihn in den Pausen. Nach der Schule gingen wir zusammen nach Hause und die Wochenenden verbrachten wir oft auch miteinander. Hin und wieder half er mit Freude im Blumenladen meiner Mutter aus. Er kannte die Bedeutung von fast allen Gewächsen.

An Weihnachten kam er immer einen Tag vorbei, um mit mir Plätzchen zu backen. Ich freute mich unendlich darüber, wie ungezwungen er mit mir und auch mit meiner Familie umging und doch blieb ein Teil an ihm geheimnisvoll.

Einmal konnte ich ihn sogar dazu bewegen, mit mir shoppen zu gehen und bunte Kleidung zu probieren. Damals hatte ich vor der Umkleidekabine blitzschnell ein Foto geschossen. Ich versprach ihm, es zu löschen, doch ich hatte es noch immer. Es war alles, was mir nun noch von ihm blieb. Damals schenkte ich ihm ein purpurfarbenes Armband, das ihm bei unserem Bummel so gefiel. Seitdem legte er es nicht mehr ab.

Während der Schmetterling der Krähe zeigte, wie bunt das Leben war, holte die Krähe den Schmetterling im Falle von hin und wieder auftretenden Höhenflügen immer wieder sanft auf den Boden der Tatsachen zurück. So unterschiedlich wir erschienen, so gut verstanden wir uns. Mit der Zeit verliebte ich mich in ihn.

Auf dem Abschlussball der Schule überraschte er mich mit einem Strauß aus roten Nelken, Pfefferminze und Zinnie. Hätte ich deren Bedeutung damals gekannt, wäre mir vielleicht klargeworden, was passieren würde. Am nächsten Tag war Sivan verschwunden, wie vom Erdboden verschluckt. Als hätte er nie existiert. Überall suchte ich ihn, fragte nach ihm.

Erfolglos.

»Sivan? Warst du das?«, rief ich jetzt verzweifelt dem Wind entgegen und wusste doch genau, dass ich keine Antwort bekommen würde. Diese Krähe erinnerte mich so sehr an ihn. Ihr Anblick riss so tiefe alte Wunden in mir wieder auf.

In der Ferne hörte ich ein Krächzen. Oder war es doch nur ein im Sturm ächzender Baum? Das Herz siegte über den Verstand. Mich orientierend, schlug ich die Richtung ein, aus der das Geräusch kam. Ich lief, so schnell ich konnte, und horchte hin und wieder nach dem Wind. Ehe ich mich versah, stand ich am Rande der Stadt – vor den Toren des Friedhofs. Alte Erinnerungen sprudelten in mir hoch, wie die Fontäne eines Brunnens. Hastig zog ich das Tor auf und lief hindurch.

Der Friedhof war sehr groß und unübersichtlich, doch meine Füße trugen mich wie selbstverständlich durch die verschlungenen Pfade. Und plötzlich stand er da, im schwarzen Trenchcoat, mit gesenktem Blick und mir den Rücken zugewandt. Vor einem völlig vernachlässigten Grab. Mein müdes Herz machte einen gewaltigen Sprung. War er es wirklich? Auf einmal, das erste Mal seit Stunden, legte sich der Wind. Es wurde so ruhig, dass man eine Stecknadel hätte fallen hören können.

»Um die Ecke gibt es einen Blumenladen«, flüsterte ich schon fast. »Dort gibt es wunderschöne Immergrün-Pflänzchen.«

Schlagartig drehte Sivan sich um und blickte mich ungläubig an.

»Dana?«

Tränen traten in meine Augen, als ich loslief und ihm in die Arme fiel. Er hielt mich fest, als hätte er Angst, ich würde mich in Luft auflösen.

»Du hast mich nie vergessen«, hauchte er in mein Haar.

»Nein«, schluchzte ich. »Niemals. Kein Mensch hat es verdient, vergessen zu werden. Schon gar nicht so ein wertvoller Mensch, wie du.«

Leicht löste er sich von mir und sah mich mit wehmütigem Blick an.

»Es tut mir leid, dass ich damals einfach so gegangen bin. Man hat mich weggebracht und ich hatte lange keinen Kontakt zur Außenwelt. Als ich es konnte, begann ich sofort, dich zu suchen.«

»Alles ist gut, jetzt bist du ja da«, antwortete ich.

Lächelnd sah er mich an, bevor er mir einen kurzen, schüchternen Kuss gab, der tief in mir ein Feuerwerk auslöste. Ich bemerkte eine Wunde auf seiner Stirn und strich vorsichtig seine Haare aus dem Gesicht.

»Du hast dich vorhin an meinem Wohnzimmerfenster verletzt. Komm mit mir, ich werde das versorgen.«

Für einen Moment sah er mich überrascht an. Dann begann er, zu schmunzeln.

»Du kennst mein Geheimnis, kleiner Schmetterling.«

»Niemand wird es je erfahren, Krähenjunge«, entgegnete ich.

Kurz zögerte er, meinte aber dann: »Können wir bei dir auch was backen? Diese herrlichen Plätzchen von früher? Nach dem letzten, langen Flug ist mein Magen wie ausgefegt.«

Er hielt mir den Arm hin, wobei sein purpurfarbenes Armband zum Vorschein kam, und schaute mich erwartungsvoll an.

»So viele, wie du essen kannst«, nickte ich überglücklich lachend und hakte mich ein.

Langsam verzogen sich die schwarzen Wolken und die klare Wintersonne ließ sich blicken. Der schwärzeste Vogel der Fauna gab dem Schmetterling seine Farbe zurück.

ABOUT THE AUTHOR

Sabrina Nickel

Sabrina Nickel wurde 1988 in der schönen Stadt Koblenz geboren und wohnt seit einigen Jahren mit ihrer Familie und zwei Katzen in einem kleinen Dorf in der Eifel. Nach ihrem Abitur hat sie eine Ausbildung durchlaufen und arbeitet nun im Beruf. Nach der Arbeit geht sie, so oft wie möglich, ihrem liebsten Hobby – dem Schreiben – nach.

Weiter Infos finden Sie hier: www.sabrinanickel.net

BOOKS BY THIS AUTHOR

Charlotte - Der Unergründliche Spiegel

Die 22-jährige Charlotte lebt ein sorgenfreies Leben. Sie freut sich darauf, schon bald ihr Studium aufzunehmen, als ihre Pläne plötzlich durchkreuzt werden:
Die Vergangenheit holt sie ein, als ihre vor langer Zeit in einen Spiegel verbannte Großmutter Mireille einen Weg findet, über ein kleines Notizbuch mit Charlotte zu kommunizieren. Um aus dem magischen Gefängnis zu kommen, bittet Mireille Charlotte um Hilfe. Sie soll in zwölf verschiedenen Parallelwelten verstreute Juwelen und ein Heilwasser finden, um den durch die Verbannung zerstörten Spiegel wiederherzustellen.
Viel Zeit zum Überlegen bleibt Charlotte nicht, denn während sie die Notiz ihrer Großmutter liest, wird sie auch schon in eine dieser Welten hineinkatapultiert und muss sich sofort behaupten.
Sie lernt auf dieser ungewöhnlichen Reise viel, auch über sich selbst und gewinnt außergewöhnliche Freunde. Und dann ist da auch noch Burkard ...

Printed in Poland
by Amazon Fulfillment
Poland Sp. z o.o., Wrocław

38600996R00104